國學經典譯注叢書

六韬·三略译注

唐书文 撰

上海古籍出版社

图书在版编目（CIP）数据

六韬·三略译注/唐书文撰. —上海：上海古籍出版社，2012.8（2025.9 重印）
（国学经典译注丛书）
ISBN 978-7-5325-6405-7

Ⅰ.①六… Ⅱ.①唐… Ⅲ.①兵法—中国—古代②六韬—译文③六韬—注释④三略—译文⑤三略—注释 Ⅳ.①E892.2

中国版本图书馆 CIP 数据核字（2012）第 047422 号

国学经典译注丛书
六韬·三略译注
唐书文 撰
上海古籍出版社出版、发行
（上海市闵行区号景路 159 弄 1-5 号 A 座 5F 邮政编码 201101）
（1）网址：www.guji.com.cn
（2）E-mail：gujil@guji.com.cn
（3）易文网网址：www.ewen.co
常熟市人民印刷有限公司印刷
开本 700×1000 1/16 印张 9.25 插页 2 字数 129,000
2012 年 8 月第 1 版 2025 年 9 月第 13 次印刷
印数：23,201-24,250
ISBN 978-7-5325-6405-7
K·1567 定价：24.00 元
如有质量问题，请与承印公司联系

总目录

六韬译注

目　　录

前　言

唐初，《隋书·经籍志》著录《太公六韬》，有注云："周文王师姜(吕)望撰。"元至正年间，《宋史·艺文志》著录《六韬》，注："不知作者。"时代前进了七百来年，从注明作者到注明不知作者，是一个进步。

《六韬》所记，全为周文王、武王与太公问答之辞。但究其内容，所涉方方面面，却多七八百年以后才出现的事物。它为后人依托之作，十分明显。

《六韬》屡次提到骑兵，《龙韬》以后，凡谈到具体军事部署，都车骑并称。而骑兵，是在战国时期才开始出现的。有人说，赵武灵王"胡服骑射"以后，中原各国才有骑兵。实际情况可能稍有出入。《史记·苏秦列传》记苏秦游说赵肃侯，说赵国"车千乘，骑万匹"。赵肃侯是赵武灵王之父，可见早在赵武灵王之前，赵国已有骑兵。苏秦在游说其他各国时，还曾说魏襄王有"车六百乘，骑五千匹"；说楚威王有"车千乘，骑万匹"；说齐宣王有"亢父之险"，"车不得方轨，骑不得比行"：都车、骑并提。可见当时不止赵国，各国都已把骑兵的建置提到议事日程上来了。"胡服骑射"不是骑兵出现之源，而是适应骑兵发展的一个改革措施。但骑兵出现的上限不会早于战国。《左传》描写了晋楚、晋齐之间的多次大的战役，都是车战、步战，没有骑战。《孙子兵法》总结了春秋末年及其以前的作战经验，也没有一字提到骑兵。而晚于孙武一百五六十年的孙膑，却纵论用骑兵有"十利"，并指出"骑者能离能合，能散能集，百里为期，千里而赴，出入无间，故名离合之兵也"。(《通典》卷一四九引)孙膑被齐威王(前356—前320年在位)任为军师，他对当时还是新生事物的骑兵作了精辟的论述，足见骑兵大约就是在这稍前登上了中原各国的历史舞台的。《犬韬·均兵》一篇对骑兵的战斗编组，在平坦地形与险阻地形作战时的阵法，都有详细的记述；《武骑士》一篇对选拔武骑士的条件作了明确的规定；《战骑》一篇对骑兵作战的"十胜""九败"作了精当的总结：认为都是骑兵发展到比较成熟阶段的产物。从这一点来判断，《六韬》的成书不能早于战国中期。

《虎韬·军用》一篇提到的兵器装备,也可以使我们得出同样的结论。例如篇中列举的几种大型战车,都是春秋时期闻所未闻,见所未见的。一种叫做“武翼大橹矛戟扶胥”的战车和一种叫做“提翼小橹扶胥”的战车,都“绞车连弩自副”。弩在春秋时期已经有了,这从《孙子兵法·兵势》中用了“势如彍弩,节如发机”之喻可以得到证明。但弩在战争中的广泛应用则是战国时的事。苏秦游说韩宣惠王时,曾夸说“天下之强弓劲弩皆从韩出”,举了几种弩名,并说“韩卒超足而射”,即用脚踏之力射弩,却没有提到绞车连弩。可见绞车连弩是后起的兵器。绞车是利用轮轴原理制成的一种牵引机械,用来张弩,自然比臂拉或足踏有力得多。直至唐代,绞车弩仍是弩中射程最远(七百步)、威力最大的一种,较之“中三百步”的擘张弩、“中二百步”的马弩,遥遥领先。(见《通典》卷一四九)李靖《卫公兵法》所谓“木弩……绞车张之,大矢自副,一发声如雷吼,败队之卒”,盛赞其杀伤力强。这种武器不到战国中后期是不可能出现的。又如篇中列举的铁制兵器或器械有十一种之多,不标明铁制而实为铁制的想必还有,这也是战国中后期才可能出现的现象。《国语·齐语》记载管仲向齐桓公提出以甲兵赎罪的建议,说:“美金以铸剑戟,试诸狗马;恶金以铸钽夷斤斸,试诸壤土。”《管子·小匡》也记了这段话,作“美金以铸戈剑矛戟”,“恶金以铸斤斧钽夷锯欘”。美金指铜,恶金指铁。可见春秋时期兵器多用铜制,铁则用以制农具和手工业工具。这种格局,到战国时仍未大变,解放后各地出土的战国铁器,以农具、手工业工具数量为多,兵器、日用器皿则较少可以为证。铁器逐渐进入兵器领域,是战国中晚期的事。《虎韬·军用》篇提到十一种铁制兵器或军用器械,很能为《六韬》的成书年代提供论据。

前人也有认为《六韬》是汉代人采掇旧说撰写成书的。此说随着银雀山汉简的出土不攻自破了。1972 年,在山东临沂银雀山上,发掘出两座西汉前期墓葬,一号墓出土的 4942 枚竹简中,就有包括《六韬》在内的多种先秦兵书和其他著作(《孙子兵法》、《孙膑兵法》、《尉缭子》、《六韬》以及《晏子春秋》、《墨子》等)。根据墓葬年代和同时出土的书籍可以基本断定《六韬》是先秦古籍。另《庄子·徐无鬼》篇提到“《金板》、《六弢》”,司马彪、崔譔云:“皆《周书》篇名。”与《汉书·艺文志》著录“《周史·六弢》六篇”相合。而陆德明《经典释文·庄子音义》说:“本又作《六韬》,谓《太公六韬》,文、武、虎、豹、龙、犬也。”颜师古注《汉书》,也以《六弢》“即今之《六韬》也,……‘弢’字与‘韬’同也”。如果《六弢》确实就是《六韬》,那么《六韬》的成书,必须在《庄子·徐无鬼》撰成以前。《徐无鬼》是《庄子》杂篇,不是庄周亲撰,其后学撰成于《六韬》成书以后,也是可能的。这是《六韬》不可能产生于战国以后的又一个证据。

这样,《六韬》的成书年代大致可以推断为战国中(晚)期,《汉书·艺文志》注所列举的三种说法“惠襄之间,或曰显王时,或曰孔子问焉”,一、三两种都失之偏早,与内容不合。周显王时(前368—前321年)有点接近,也略嫌稍前,应更在其后。

《六韬》的成书地域为太公故里齐地当是没有疑问的。《文韬·六守》提出“大农、大工、大商谓之三宝”的说法,认为:“农一其乡,则谷足;工一其乡,则器足;商一其乡,则货足。三宝各安其处,民乃不虑。无乱其乡,无乱其族。”这正是齐国特有的地方组织形式。《国语·齐语》记载管仲“制国以为二十一乡:工商之乡六,士乡十五”。《管子·小匡》也说:“定民之居,成民之事。”“士、农、工、商四民者,国之石(硕)民也,不可使杂处,杂处则其言哤,其事乱。是故圣王之处士必于闲燕,处农必就田野,处工必就官府,处商必就市井。”士、农、工、商,都要使他们“群萃而州(畴)处”。这就是“大农、大工、大商”的由来。《文韬·大礼》记文王问“主位”、“主听”、“主明”,太公答语与《管子·九守》文字整段相同。现已不可知是《六韬》袭用了《管子》,还是《管子》袭用了《六韬》,但二书都是齐文化的产物,在成书过程中互有影响也是不足为奇的。从成书年代和成书地域来看,《六韬》应是稷下学士可能是姜姓后人之作。

《六韬》不但是实战经验的总结,对前代兵书也有所借鉴,有所融汇。例如,《龙韬·论将》“将者,国之辅”的提法来源于《孙子兵法·谋攻》;《龙韬·立将》“无天于上,无地于下,无敌于前,无君于后”一段采自《尉缭子·武议》;《龙韬·将威》“杀一人而三军震者,杀之”至“是将威之所行也”一段,从内容到文字都与《尉缭子·武议》大致相同;《犬韬·教战》“使一人教战,教成,合之十人”至“合之三军之众”一段,与《吴子·治兵》、《尉缭子·勒卒令》都大致相同。这当然不是偶然的巧合,而说明了《六韬》的作者对前代兵书有意识地参考借鉴,下了一番综合融汇的功夫。

《六韬》的政治思想,对前代的儒、道、法各家也兼收并蓄。儒家的民贵君轻,道家的清静无为,法家的赏信罚必,《六韬》都加以吸收包容。它开宗明义提出“天下非一人之天下,乃天下之天下也”(《文韬·文师》),而且再三重复这个论点(《武韬·发启》,又《顺启》);认为“为国之大务”,“爱民而已”(《文韬·国务》),又指出仁义道德之所在,“天下归之”(《文师》):这些都是儒家的思想。它又认为,“天下之人如流水”,“静之则清”,“天有常形,民有常生,与天下共其生，而天下静矣”；“天无为而成事，民无与而自富，此圣人之德也”（《武韬·文启》）：这些是道家的思想。它还认为，“凡用赏者贵信，用罚者贵必”（《文韬·赏罚》）；“以诛大为威，以赏小为明”（《龙韬·将威》）：这些是法家的思想。《六韬》兼容性的特点，与战国中期以后齐国稷下学术繁荣，较早地进入诸子学说逐渐合流的趋势有关。

《六韬》自西汉前期即为人所重，东汉以后，颇为盛行。为人所乐道的如刘备临终遗诏，要刘禅所读书中即有《六韬》，称赞它“益人意智”；诸葛亮也曾将《六韬》与《申》、《韩》、《管子》等书手抄一遍。（均见《三国志·蜀书·先主传》裴松之注引《诸葛亮集》）可见它对想要“取天下”的人是很有用的。它与《三略》并称，以至于在汉语词汇中形成了“韬略”这个词。晁公武《郡斋读书志》著录《六韬》：“兵家权谋之书也。元丰中以《六韬》、《孙子》、《吴子》、《司马法》、《黄石公三略》、《尉缭子》、《李卫公对问》颁行武学，号曰《七书》。”从宋神宗元丰年间始，《武经七书》成为武试的必读书。

本书用四库全书作为底本，校之以金人施子美《武经七书讲义》、明代刘寅《武经七书直解》、清朝朱镛《武经七书汇解》。凡底本义有所龃龉，字有所厘正，皆出校语以明之。

唐书文

卷一 文 韬

文 师

1.1.1 文王将田①，史编布卜曰②："田于渭阳③，将大得焉。非龙非彲，非虎非羆④；兆得公侯⑤，天遗汝师⑥；以之佐昌⑦，施及三王⑧。"

文王曰："兆致是乎？"

史编曰："编之太祖史畴为禹占⑨，得皋陶⑩，兆比于此。"

【注释】

①文王：周文王，姬姓，名昌，殷末为西伯，称西伯昌。《史记·周本纪》说："西伯盖受命之年称王而断虞、芮之讼。"《齐太公世家》又说："周西伯政平及断虞、芮之讼，而诗人称西伯受命曰文王……太公之谋计居多。"可见西伯访吕尚时尚未称王，且文王为死后谥号，非生前所称，足证这是后人追述之作。田：通畋，打猎。 ②史编：史，官职；编，其名。古代史官大多世袭，所以下文史编说他的太祖史畴也是史官。《周礼·春官》有大史、小史、内史、外史等，而大史"大祭祀，与执事卜日"，可见史官也参与占卜的事。 布：陈列。布卜，指排列蓍草以进行占卜。《汉书·东方朔传》："别蓍布卦。"陆游《晚晴出行近村闲咏景物》诗："篮叟晨占手布蓍。" ③渭阳：渭水的北岸。但《吕氏春秋·谨听》说："太公钓于滋泉，……文王得之而王。"滋泉又作兹泉，据《水经注·渭水上》说："渭水之右，磻溪水注之。水出南山兹谷……溪中有泉，谓之兹泉……即《吕氏春秋》所谓太公钓兹泉也。"渭水之右，即渭水之南，与渭阳之说不同。《史记·齐太公世家》也说西伯"遇太公于渭之阳"，盖传闻之异。 ④非龙非彲，非虎非羆：彲，音义同螭，古代传说中无角的龙。《史记·齐太公世家》："西伯将出猎，卜之曰：所获非龙非彲（《索隐》曰："本亦作螭字。"），非虎非羆，所获霸王之辅。" ⑤公侯：

《公羊传·隐公五年》:“天子三公称公,王者之后称公,其余大国称侯,小国称伯子男。”天子三公,据《书·周官》说,是太师、太傅、太保。王者之后,如宋国为商之后,其国君亦称为公。吕尚曾任文王、武王之太师,后又封齐为诸侯。《史记·齐太公世家》说,成王时,“命太公曰:‘东至海,西至河,南至穆陵,北至无棣,五侯九伯实得征之。’齐由此得征伐为大国。”因此吕尚既曾为公,又曾为侯。此处公侯即隐指吕尚。⑥遗:送。 ⑦昌:指西伯昌。 ⑧施:延续。 三王:指周文王、武王、成王。⑨太祖:指史编前代最早担任史官职务的祖先。 禹:传说中的古代部落联盟首领,姒姓,又称大禹、夏禹,一名文命。据《史记·夏本纪》说:“帝禹立而举皋陶荐之,且授政焉。”后皋陶早死。 ⑩皋陶(yáo 姚):传说中古代东夷族的首领,偃姓。曾任帝舜掌管刑法的官,被舜誉为股肱之臣。

【译文】

文王将要打猎,史编宣布占卜的结果说:“在渭水北岸打猎,将在那儿大有收获。不是龙也不是螭,不是虎也不是罴;卜兆显示将得到一位公侯,上天送来你的老师;用他来辅佐西伯昌,可以延续到三个王。”

文王说:“卜兆至于这样吗?”

史编说:“我的始祖史畴为禹占卜,得到皋陶,卜兆可以与此相比。”

1.1.2 文王乃斋三日①,乘田车,驾田马,田于渭阳,卒见太公坐茅以渔②。

文王劳而问之曰:“子乐渔耶?”

太公曰:“臣闻君子乐得其志,小人乐得其事。今吾渔甚有似也,殆非乐之也。”

文王曰:“何谓其有似也?”

太公曰:“钓有三权③:禄等以权,死等以权④,官等以权。夫钓以求得也,其情深,可以观大矣。”

【注释】

①斋:古人在祭祀或举行重大典礼前清心洁身(如不饮酒,不吃荤,不与妻妾同寝,沐浴更衣等),以示庄敬虔诚,称为斋。 ②太公:即吕尚,姜姓,字牙,其祖先封于吕,因以吕为氏。周代男子称名用氏不用姓,故名吕尚。“姜子牙”、“姜太公”是后代人不明当时习惯的俗称。据说周文王见到他后大为高兴,说:“吾太公望子久矣!”所以又号“太公望”,因而也有人叫他吕望的。文王立他为太师后,又尊称他为“师尚父”。吕尚是伐纣的最大功臣,周代的开国元勋,齐国的始祖,

所以被称为齐太公。司马迁说他“多兵权与奇计,故后世之言兵及周之阴权,皆宗太公为本谋”(《史记·齐太公世家》)。　③权:计谋,权术。《淮南子·主术训》:“任轻者易权。”高诱注:“权。谋也。”　④死等以权:《孙子兵法·计》:“故可与之死,可与之生,而民不畏危。”孟氏(失其名,南朝梁以前人)注:“故用兵之妙,以权术为道。……故其权术之道,使民上下同进趋,共爱憎,一利害。”

【译文】

文王于是清心洁身斋戒三天,乘上打猎的车,驾着打猎的马,在渭水北岸打猎,终于看见太公坐在茅草上钓鱼。

文王慰问他并问他道:“你喜欢钓鱼吗?”

太公说:“我听说君子乐于实现他的志向,小人乐于做好他的事。如今我钓鱼与这很有些相似,恐怕不是喜欢钓鱼。”

文王说:“为什么说它有些相似呢?”

太公说:“钓鱼有三种权术:给人以利禄相当于钓鱼的权术,使人效死相当于钓鱼的权术,赐人官爵相当于钓鱼的权术。钓鱼是要得到收获,它和情理相当深奥,可以看到大的方面。”

1.1.3　文王曰:“愿闻其情。”

太公曰:“源深而水流,水流而鱼生之①,情也;根深而木长,木长而实生之,情也;君子情同而亲合②,亲合而事生之,情也。言语应对者,情之饰也③;言至情者,事之极也。今臣言至情不讳,君其恶之乎?”

【注释】

①鱼生之:《史记·货殖列传》:“渊深而鱼生之,山深而兽往之。”　②亲合:亲指和外亲。宗亲,即同宗的亲族。外亲,即姻亲。合,谓融洽、和睦。《周礼·秋官·小司寇》:“一曰议亲之辟。”注:“郑司农云:若今时宗室有罪先请是也。”疏:“亲,谓五属之内及外亲有服者皆是。”　③言语应对者,情之饰也:这里讲的是“文”与“情”的关系,一般说来,文是情之饰,所以《文心雕龙·知音》说:“夫缀文者情动而辞发,观文者披文以入情。”但内容与形式也可以有矛盾,所以《老子》有“信言不美,美言不信”之说。

【译文】

文王说:“希望听一听其中的道理。”

太公说:“源头深水就流动,水流动鱼就生存,这是合乎情理的;根深树就成长,树成长果实就生成,这是合乎情理的;君子情意相投宗亲就和睦,宗亲和睦事业就成功,这也是合乎情理的。言语应对,是真情的文饰;说出至情之言,是最好的事。如今我说出至情之言不加隐讳,你会厌恶吗?”

1.1.4 文王曰:“惟仁人能受正谏,不恶至情。何为其然?”

太公曰:“缗微饵明①,小鱼食之;缗调饵香,中鱼食之;缗隆饵丰,大鱼食之。夫鱼食其饵,乃牵于缗;人食其禄,乃服于君。故以饵取鱼,鱼可杀②;以禄取人,人可竭;以家取国,国可拔;以国取天下,天下可毕。呜呼!曼曼绵绵,其聚必散③;嘿嘿昧昧,其光必远④。微哉⑤!圣人之德,诱乎独见⑥。乐哉!圣人之虑,各归其次⑦,而树敛焉⑧。”

【注释】

①缗:钓丝。 ②杀:猎获。《礼记·王制》:“天子杀,则下大绥。诸侯杀,则下小绥。” ③曼曼绵绵,其聚必散:曼曼,漫长的意思。《离骚》:“路曼曼其修远兮,吾将上下而求索。”司马相如《长门赋》:“夜曼曼其若岁兮,怀郁郁其不可再更。”绵绵,不绝的意思。《史记·苏秦列传》引《周书》说:“緜緜不绝,蔓蔓奈何。”緜緜,即绵绵。蔓蔓,即曼曼。两句是暗示,商王朝虽然传了十七代,历经三十一王,五百余年之久,却正如俗话所说,没有不散的筵席,终有一天要败亡。④嘿嘿昧昧,其光必远:嘿嘿,同默默,无声无息,不声不响。《汉书·匡衡传》:“衡嘿嘿不自安。”《韩诗外传》七:“昔者商纣默默而亡。”昧昧,昏暗不明。《楚辞·九章·怀沙》:“进路北次兮,日昧昧其将暮。”两句是暗示,现在还默默地、不显眼的周国,总将光芒远射。 ⑤微:幽深,精妙。《易·系辞下》:“君子知微知彰。” ⑥诱:教导,引导。《论语·子罕》:“夫子循循然善诱人。” ⑦次:处所。《国语·鲁语上》:“五刑三次。”韦昭注:“次,处也。三处,野、朝、市也。”⑧树敛:谓使人心凝聚。

【译文】

文王说:“只有仁德的人能接受正直的劝谏,不厌恶至情之言。怎么会那样呢?”

太公说:“钓丝细钓饵明显,小鱼前来吞食;钓丝稍加调节钓饵味香,中鱼前来吞食;钓丝粗钓饵丰盛,大鱼前来吞食。鱼吞食了钓饵,就被钓丝牵住了;人吃了俸禄,就服从于国君。所以用钓饵取鱼,鱼可以捕获;以利禄取人,人可以收罗尽;以家取国,国可以攻克;以国取天下,天下可以全部拿下来。啊哈!看来漫长而不绝的,有聚必定有散;看来沉静而不显眼的,光芒必定远射。微妙啊,圣人的德化,在于以独到的见解诱导人。喜悦啊!圣人的思虑,在于使人人各得其所,从而建立起凝聚力。"

1.1.5 文王曰:"树敛何若而天下归之?"

太公曰:"天下非一人之天下,乃天下之天下也。同天下之利者则得天下,擅天下之利者则失天下。天有时,地有财,能与人共之者,仁也;仁之所在,天下归之。免人之死,解人之难,救人之患,济人之急者,德也;德之所在,天下归之。与人同忧同乐,同好同恶者,义也;义之所在,天下赴之。凡人恶死而乐生,好德而归利,能生利者,道也;道之所在,天下归之。"

文王再拜曰:"允哉①,敢不受天之诏命乎②!"乃载与俱归,立为师。

【注释】

①允:得当。《左传·僖公二十八年》引古兵书《军志》:"允当则归。"允与当即为同义连用。 ②诏命:诏在秦始皇颁定作为皇帝命令的专用词之前,泛指上对下的命令文告。此处用"天之诏命"一语,可证文成于秦之前。

【译文】

文王说:"怎样才能建立凝聚力而使天下归附?"

太公说:"天下不是一个人的天下,是天下人的天下。与天下人共享天下利益的就得到天下,独占天下利益的就失去天下。天有四时,地有财富,能与人民共享的,就是仁;仁所在之处,天下就归附他。免人之死,解人之难,救人之患,济人之急的,就是德;德所在之处,天下就归附他。与人同忧同乐,同好同恶的,就是义;义所在之处,天下就投奔他。凡是人都厌恶死而乐于生,喜好德而趋向利,能生利的,就是道;道所在之处,天下就归附他。"

文王拜了又拜说:"真得当!我敢不接受上天的命令吗?"就与太公一起乘车回去,拜他为师。

【篇意】

本篇叙文王访太公于渭阳,太公以钓为喻,劝说文王"以国取天下",并阐述了"同天下之利者得天下,擅天下之利者则失天下"的道理,预言殷虽"曼曼绵绵",却"其聚必散";周虽"嘿嘿昧昧",却"其光必远"。太公所陈以"仁"、"德"、"义"、"道"建立凝聚力之说,含有儒家"仁政"和"德治"的思想,故《汉书·艺文志》将《六韬》著录于"儒家"类。

盈　虚

1.2.1　文王问太公曰："天下熙熙[①]，一盈一虚[②]，一治一乱，所以然者何也？其君贤不肖不等乎？其天时变化自然乎[③]？"

太公曰："君不肖，则国危而民乱；君贤圣，则国安而民治。祸福在君，不在天时。"

【注释】

①熙熙：纷杂貌。《史记·货殖列传》："天下熙熙，皆为利来。"又《日者列传》："天地旷旷，物之熙熙；或安或危，莫知居之。"　②一盈一虚：此以盈虚喻盛衰。《易·丰·彖辞》："日中则昃，月盈则食；天地盈虚，与时消息。"孔颖达疏："盛必有衰，自然常理。日中至盛，过中则昃；月满则盈，过盈则食。"　③天时：自然运行的时序。《易·乾·文言》："先天而天弗违，后天而奉天时。"孔颖达疏："若在天时之先行事，天乃在后不违，是天合大人也。""若在天时之后行事，能奉顺上天，是大人合天也。"

【译文】

文王问太公道："天下纷纷扰扰，有时盛，有时衰，有时治，有时乱，所以这样是因为什么啊？是君主贤与不贤不一样呢？还是天时变化自然形成的呢？"

太公说："君主不贤，则国家危亡而人民动乱；君主贤明，则国家安定而人民太平。祸福在于君主，不在于天时。"

1.2.2　文王曰："古之贤君可得闻乎？"

太公曰："昔者帝尧之王天下也[①]，上世所谓贤君也。"

文王曰："其治如何？"

太公曰："帝尧王天下之时，金银珠玉不饰，锦绣文绮不衣，奇怪珍异不视，玩好之器不宝，淫佚之乐不听，宫垣屋室不垩[②]，甍桷椽楹不斫[③]，茅茨遍庭不剪[④]，鹿裘御寒，布衣掩形[⑤]，粝粱之饭，藜藿之羹[⑥]，不以役作之故害民耕绩之时，削心约志，从事乎无为[⑦]。吏忠正奉法者尊其位，廉洁爱人者厚其禄。民有孝慈者爱敬之，尽力农桑者慰勉之。旌别淑德，表其门闾[⑧]；平心正节，以法度禁邪伪。所憎者，有功必赏；所爱者，有罪必罚。存养天下鳏寡孤独[⑨]，振赡祸亡之家[10]。其自奉也甚薄，其赋役也甚寡，故万民富乐而无饥寒之色。百姓戴其君如日月，亲其君如父母。”

文王曰：“大哉，贤君之德也！”

【注释】

①帝尧：传说中五帝之一，据近人研究，实为我国父系氏族社会后期部落联盟领袖。陶唐氏，名放勋，史称唐尧。他曾设官掌管时令，制定历法。据《史记·五帝本纪》载，尧时历法已知“岁三百六十六日，以闰月正四时”。晚年禅位给舜。②垩：白土，此处用作动词，以白土刷墙。《尔雅·释宫》：“地谓之黝，墙谓之垩。”邢昺疏：“以黑饰地谓之黝，以白饰墙谓之垩。”　③甍桷椽楹不斫：甍，屋脊，《释名·释宫室》：“屋脊曰甍。甍，蒙也，在上覆蒙屋也。”桷、椽，放在梁上支架屋面和瓦片的木条，圆的叫椽，方的叫桷。《左传·桓公十四年》：“为卢门之椽。”《释文》：“椽，榱也。圆曰椽，方曰桷。”楹，厅堂的前柱。《春秋·庄公二十三年》：“秋，丹桓宫楹。”杜预注：“楹，柱也。”斫，削。参见注④。　④茅茨遍庭不剪：茅茨，茅草屋顶。《韩非子·五蠹》：“尧之王天下也，茅茨不剪，采椽不斫，粝粢之食，藜藿之羹，冬日麑裘，夏日葛衣。”　⑤鹿裘御寒，布衣掩形：参见注④。布衣，指葛衣。上古中原地区无棉，只有葛、麻。　⑥粝粱之饭，藜藿之羹：参见注④。粝粱，粗粟。藜藿，豆叶。《史记·太史公自序》：“粝粱之食，藜藿之羹。”指粗劣之饭菜。　⑦无为：儒家的德治思想，与道家的“道常无为而无不为”（《老子》）的“无为之治”不同。《论语·卫灵公》：“无为而治者，其舜也与！夫何为哉，恭己正南面而已矣。”朱熹《集注》：“圣人德盛而民化，不待其有所作为也。”⑧旌别淑德，表其门闾：旌别，识别。淑德，美德。《武经七书汇解》“淑德”作“淑慝”，义遂有异。《书·毕命》：“旌别淑慝，表其宅里。”门闾，即宅里。闾，里门。⑨鳏寡孤独：《孟子·梁惠王下》：“老而无妻曰鳏，老而无夫曰寡，老而无子曰独，幼而无父曰孤。此四者，天下之穷民而无告者。文王发政施仁，必先斯四者。”⑩振：通“赈”。

【译文】

文王说：“古代的贤君我可以听一听吗？”

太公说：“从前帝尧统治天下，是上古时候所说的贤君。”

文王说：“他的治绩怎么样？”

太公说：“帝尧统治天下的时候，不用金银珠玉装饰，不穿锦绣和华丽的丝织物，不观赏稀奇珍异的物品，不收藏玩物宝器，不听纵欲放荡的音乐，不粉刷宫室的墙，不刮削屋脊和椽柱，不修剪庭院里所有的茅草屋顶，鹿皮裘御寒，葛布衣罩身，糙米饭，豆叶羹，不因为服劳役的缘故妨害人民耕作纺织的时间，约束心志，从事于无为而治。官吏忠正奉法的，提高他的职位，廉洁爱人的，增加他的俸禄。人民中有孝敬老人抚爱小辈的，就爱护尊重他们，尽力务农从事蚕桑的，就慰问勉励他们。鉴别有美德的人，表彰他的门庭；用心公平，端正节操，用法制禁止邪恶诈伪。对憎恨的人，有功必赏；对喜爱的人，有罪必罚。存恤善待鳏寡孤独，救济遭灾祸受损失的人家。他给自己的待遇很低，收租税和役使人民很少，所以万民富足安乐而没有饥寒之色。百姓拥戴他们的君主如景仰日月，亲近他们的君主如亲近父母。”

文王说：“伟大啊，贤君的德行！”

【篇意】

本篇论述天下的一盛一衰、一治一乱并非如日月盈虚、昼夜交替那样的自然变化，而决定于君主的贤不肖。又以帝尧为典范，详述了贤君应该具有什么样的德行。

国　务

1.3.1　文王问太公曰：“愿闻为国之大务，欲使主尊人安，为之奈何？”

太公曰：“爱民而已。”

文王曰：“爱民奈何？”

太公曰：“利而勿害，成而不败，生而勿杀，与而勿夺，乐而勿苦，喜而勿怒。”

文王曰：“敢请释其故。”

太公曰：“民不失务，则利之；农不失时，则成之；省刑罚，则生之；薄赋敛，则与之；俭宫室台榭①，则乐之；吏清不苛扰，则喜之。民失其务，则害之；农失其时，则败之；无罪而罚，则杀之；重赋敛，则夺之；多营宫室台榭以疲民力，则苦之；吏浊苛扰，则怒之。故善为国者，驭民如父母之爱子，如兄之爱弟。见其饥寒则为之忧，见其劳苦则为之悲，赏罚如加于身，赋敛如取己物：此爱民之道也。”

【注释】

①宫室台榭：指当时的豪华建筑。周武王伐纣时曾作《泰誓》三篇，其上篇指责纣王“唯宫室台榭……以残害于尔万姓”，孔传：“言匮民财力为奢丽。”孔疏引李巡曰：“台，积土为之，所以观望也；台上有屋谓之榭。”当时国君的宫室台榭都是役使民伕筑成的。

【译文】

文王问太公说："希望听一听治国的要务，想要使国君尊贵，人民安宁，应该怎么办呢？"

太公说："爱民罢了。"

文王说："怎么样爱民？"

太公说："要有利于他们而不要损害他们，要成全他们而不要破坏他们，要让他们有活路而不要杀害他们，要给予他们而不要夺取他们，要使他们安乐而不要苦了他们，要让他们喜悦而不要激怒他们。"

文王说："请解释一下其中的缘由。"

太公说："人民不失去工作，那就有利于他们；农民不耽误农时，那就成就了他们；减免刑罚，那就让他们有了活路；少收赋税，那就是给予了他们；宫室台榭俭朴一点，那就能使他们安乐了；官吏清廉，不苛刻扰民，那就能让他们喜悦了。人民失去了工作，那就是损害了他们；农民耽误了农时，那就是破坏他们；没有罪也惩罚，那就是杀害他们；加重赋税，那就是夺取他们；多营造宫室台榭使人民疲劳，那就是苦了他们；官吏腐败苛刻扰民，那就是激怒他们。所以善于治国的，统治人民就像父母爱子女，就像兄长爱弟弟。看到他们饥寒就为他们忧虑，看到他们劳苦就为他们悲怜，赏罚就像施行在自己身上一样，征收赋税就像拿走自己的财物一样：这就是爱民之道。"

【篇意】

本篇论述治国的要务在于实行爱民之道，要使人民安居乐业，省刑罚，薄赋敛，减轻负担，改进吏治，真正做到爱民如子。

大　礼

1.4.1　文王问太公曰："君臣之礼如何？"

太公曰："为上惟临①，为下惟沉②。临而无远，沉而无隐。为上惟周③，为下惟定。周则天也，定则地也。或天或地，大礼乃成。"

【注释】

①临：指居高临下。　②沉：指低伏于下。　③周：周到，遍及。

【译文】

文王问太公说："君臣之间的礼法怎么样？"

太公说："做君上的只要君临，做臣下的只要顺服。君临而不离得太远，顺服而不隐瞒。做君上的只要周遍,做臣下的只要安定。周遍就是天,安定就是地。有天有地,大礼才成。”

1.4.2 文王曰:“主位如何?”

太公曰:“安徐而静,柔节先定[①],善与而不争。虚心平志[②],待物以正。”

【注释】

①安徐而静,柔节先定:二句亦见《管子·九守·主位》,不知何者先作,何者后采。《管子》相传春秋时齐国管仲作,经近人研究,认为是战国秦汉时人托名之作。本篇与《管子·九守篇》相重处甚多,对考定二书的成书时代、成书先后提供了线索。尹知章注二句云:“人君居位,当安徐而又静默。以和柔为节,先能定己,然后可定人。”《国语·越语下》:“范蠡曰:‘宜为人主,安徐而重固,阴节不尽,柔而不可迫。’” ②虚心平志:《管子·九守·主位》:“虚心平意以待须。”尹注:“虚其心,平其意,以待臣之谏说。须,亦待也。”

【译文】

文王说:“君主在位应该怎么样?”

太公说:“安详稳重而镇静,柔和有节而有主见,善于与臣下在一起且不固执己见。虚心平意,用公正的态度对待事物。”

1.4.3 文王曰:“主听如何?”

太公曰:“勿妄而许,勿逆而拒[①]。许之则失守,拒之则闭塞[②]。高山仰止,不可极也[③]。深渊度之,不可测也[④]。神明之德,正静其极[⑤]。”

【注释】

①勿妄而许,勿逆而拒:此段与《管子·九守·主听》基本相同,惟此二句《管子》作“勿望而距,勿望而许”,尹注:“听言之术必须审察,不可望风,则有所距,有所许也。”与本篇小异。拒,底本误作担,据《武经七书》本校改。 ②许之则失守,拒之则闭塞:二句与《管子》同。失守,失去主见。《易·系辞下》:“失其守者其辞屈。” ③高山仰止,不可极也:二句与《管子》同,尹注见下注。“高山仰止”为《诗·小雅·车舝》的成句,《诗序》说,《车舝》是幽王时诗,这也可证《六韬》成书在西周之后。仰,仰望。止,语尾助词,同“之”。 ④深渊度之,不可测也:二句与《管子》同,尹注:“不审察者常为彼所知,故戒之当如高山深渊,不可

极而测之。”　⑤神明之德，正静其极：《管子》“极”下有“也”字，尹注：“既如山渊，则其德配神明，而正且静如此者，其有穷极矣。”尹注把“极”释为“穷极”，实际上这里的“极”与上“不可极也”的“极”不同，而与《书·洪范》“惟皇作极”的“极”相同，作“准则”解。

【译文】

文王说：“君主听取意见应该怎么样？”

太公说：“不随随便便就接受，不因为意见不同而拒绝。接受就失去主见，拒绝就造成闭塞。仰望高山，不可穷极。度量深渊，不可测底。要具备神明那样的德性，‘正’和‘静’就是准则。”

1.4.4　文王曰：“主明如何？”

太公曰：“目贵明，耳贵聪，心贵智。以天下之目视，则无不见也；以天下之耳听，则无不闻也；以天下之心虑，则无不知也。辐凑并进，则明不蔽矣[①]。”

【注释】

①辐凑并进，则明不蔽矣：此段自“目贵明”以下，与《管子·九守·主明》全同，惟末句之“蔽”，《管子》作“塞”。尹注：“言圣人不自用其聪明思虑而任之天下，故明者为之视，聪者为之听，智者为之谋，辐凑并进，不亦宜乎。故曰明不可塞。”辐凑，车辐集中于轴心，喻人材聚集于一处。

【译文】

文王说：“君主要明察一切应该怎么样？”

太公说：“眼睛贵在明亮，耳朵贵在灵敏，心灵贵在聪慧。用全天下的眼睛去看，那就没有看不见的；用全天下的耳朵去听，那就没有听不到的；用全天下的心去思考，那就没有不知道的。集中天下的聪明才智，就明察一切不被蒙蔽了。”

【篇意】

本篇虽以“大礼”为题，实际上除了君臣之礼外，还论述了主位、主听、主明三个问题，对君主应有的修养，以及君主如何听取意见、明察一切，作了简明扼要的回答。

明　传

1.5.1　文王寝疾，召太公望，太子发在侧[①]。曰：“呜呼！天将弃予，周之社稷将以属汝。今予欲师至道之言，以明传之子孙。”

太公曰："王何所问？"

文王曰："先圣之道，其所止，其所起，可得闻乎？"

太公曰："见善而怠，时至而疑，知非而处：此三者，道之所止也。柔而静，恭而敬[②]，强而弱，忍而刚：此四者，道之所起也。故义胜欲则昌，欲胜义则亡[③]；敬胜怠则吉，怠胜敬则灭。"

【注释】

①太子发：文王的次子，名发，立为太子。即后来的周武王。 ②恭而敬："恭"与"敬"义近，合而为一词，分而为二词。《论语·子路》："居处恭，执事敬。" ③义胜欲则昌，欲胜义则亡：《淮南子·缪称训》："情胜欲者昌，欲胜情者亡。"当源出于《六韬》。

【译文】

文王卧病不起，召见太公望，太子发在旁边。文王说："唉！上天将要抛弃我，周国的社稷，就托付给你了。如今我想请教一些至理名言，来当面传授给子孙。"

太公说："君王要问什么呢？"

文王说："先圣之道，它在哪里终止，它从哪里起始，可以听一听吗？"

太公说："见到善事而怠慢，时机来到而迟疑，知道错了还安然处之：这三点，是道终止的地方。柔和平静，谦恭敬慎，强弱并济，忍耐刚毅：这四点是道起始的地方。所以道义战胜欲望就昌盛，欲望战胜道义就灭亡；恭敬战胜惰怠就吉利，惰怠战胜恭敬就不祥。"

【篇意】

本篇叙述文王病重时向太公请教传给子孙的至理名言。太公讲了获得先圣之道应有的修养。

六　守

1.6.1　文王问太公曰："君国主民者，其所以失之者何也？"

太公曰："不慎所与也。人君有六守、三宝[①]。"

文王曰："六守何也？"

太公曰："一曰仁，二曰义，三曰忠，四曰信，五曰勇，六曰谋：是谓六守。"

文王曰："慎择六守者何？"

太公曰："富之，而观其无犯；贵之，而观其无骄；付之，而观其无转；使之，而观其无隐；危之，而观其无恐；事之，而观其无穷。富之而不犯者，仁也；贵之而不骄者，义也；付之而不转者，忠也；使之而不隐者，信也；危之而不恐者，勇也；事之而不穷者，谋也。人君无以三宝借人，借人则君失其威。”

文王曰：“敢问三宝。”

太公曰：“大农，大工，大商②，谓之三宝。农一其乡则谷足，工一其乡则器足，商一其乡则货足。三宝各安其处，民乃不虑。无乱其乡，无乱其族。臣无富于君，都无大于国③。六守长④，则君昌；三宝完，则国安。”

【注释】

①六守：指六种保守国家的人才。　三宝：指三件维系国家命脉的珍宝。②大农，大工，大商：在农、工、商前冠以“大”，可见不是指单个的农民、手工业者、商贾，而是指农业、手工业、商业。联系下文看，“农一其乡”就是大农，“工一其乡”就是大工，“商一其乡”就是大商。　③都：大城市。国：国都。　④长（zhǎng）：崇尚，这里指受到崇尚。《汉书·杜周传》：“废奢长俭。”注：“长，谓崇贵之也。”

【译文】

文王问太公说：“统治国家主宰人民的君主，失掉国家和人民的原因是什么？”

太公说：“是托付人不慎重。君主拥有六守、三宝。”

文王说：“六守是什么？”

太公说：“一是仁，二是义，三是忠，四是信，五是勇，六是谋。这就叫六守。”

文王说：“怎样谨慎地选择六守呢？”

太公说：“使他富裕，看他是否不超越本分；给他高位，看他是否不骄傲自大；交付他任务，看他是否不变调走样；使用他，看他是否不欺骗隐瞒；让他面临危险，看他是否不惊恐失措；叫他应对事变，看他是否不束手无策。使他富裕他却不超越本分，是仁；给他高位他却不骄傲自大，是义；交给他任务他不变调走样，是忠；使用他他不欺骗隐瞒，是信；让他面临危险他不惊恐失措，是勇；叫他应对事变他不束手无策，是谋。君主不要把三宝借给人，借给人君主就会失去权威。”

文王说：“请问三宝。”

太公说：“大农，大工，大商，称之为三宝。农民集中在乡里就粮食充足，工匠集中在乡里就器具充足，商贾集中在乡里就货物充足。三宝各安其所，人民就不忧虑。不要扰乱他们的乡里,不要扰乱他们的家族。臣下不要富于君主,城邑不要大于国都。六守受到重用,君主就昌盛;三宝得到完善,国家就安定。”

【篇意】

本篇讲国君要慎择六种人才,因为这些人才是保守国家的中坚,所以称之为“六守”;又讲国君要永保“三宝”——大农、大工,大商,使国家安定富足。

守 土

1.7.1 文王问太公曰:“守土奈何?”

太公曰:“无疏其亲,无怠其众;抚其左右,御其四旁。无借人国柄①,借人国柄则失其权。无掘壑而附丘②,无舍本而治末。日中必彗,操刀必割③,执斧必伐。日中不彗,是谓失时;操刀不割,失利之期;执斧不伐,贼人将来。涓涓不塞,将为江河④;荧荧不救⑤,炎炎奈何;两叶不去⑥,将用斧柯⑦。是故人君必从事于富,不富无以为仁,不施无以合亲。疏其亲则害,失其众则败。无借人利器,借人利器则为人所害,而不终其正也⑧。”

王曰:“何谓仁义?”

太公曰:“敬其众,合其亲。敬其众则和,合其亲则喜,是谓仁义之纪⑨。无使人夺汝威。因其明,顺其常。顺者任之以德,逆者绝之以力。敬之无疑,天下和服。”

【注释】

①国柄:喻指国家的政权。下文“无借人利器”的“利器”,所喻指的同此义。 ②无掘壑而附丘:壑,深沟。 附:附益,增添。壑本在下,丘本在上,全句喻意为不要损下而益上。 ③日中必彗,操刀必割:《汉书·贾谊传·陈政事疏》:“黄帝曰:日中必熭,操刀必割。”彗,通“熭”,曝晒。此处或为贾谊误记出处,引的实为《六韬》而写成了“黄帝曰”;或为此二句本是古代谚语,另有已佚古书记为黄帝语,而《六韬》也用之。 ④涓涓不塞,将为江河:涓涓,细流。《后汉书·何敞传》:“塞其涓涓。”李贤注引《周金人铭》曰:“涓涓不壅,终为江河。”可见也是周代盛传的一句格言。 ⑤荧荧:小火。 ⑥两叶:指小苗初生的芽叶。 ⑦斧柯:柯,斧柄。此处“斧柯”连用,只指斧头,“柯”字义隐。 ⑧正:通“政”。 ⑨纪:道。《吕氏春秋·孟春纪》:“无变天之道,无绝地之理,无乱人之纪。”高诱

注:"纪,道也。"

【译文】

文王问太公说:"怎样守卫国土?"

太公说:"不要疏远宗亲,不要怠慢民众;安抚左右近邻,控制四方远国。不要把国家大权借给人,把国家大权借给人就会失去权威。不要损下益上,不要舍本逐末。太阳到了中午一定要曝晒,拿起了刀一定要切割,握着斧头一定要砍伐。太阳到了中午不曝晒,这就叫做失时;拿起了刀不切割,就失去了有利的时机;握着斧头不砍伐,贼人就要前来。涓涓的细流不堵塞,就会成为江河;荧荧的小火不扑灭,变成熊熊大火又怎么办;嫩苗长出二片叶芽时不掐掉,将来就得用斧头砍了。所以君主一定要从事于富国之道,国不富就无法施行仁政,不施行仁政就不能团结宗亲。疏远宗亲就会有祸患,失去民众就会失败。不要把利器借给人,把利器借给人就要被人所害,使国政不能长久。"

文王说:"什么叫做仁义?"

太公说:"尊重民众,团结宗亲。尊重民众就能协调一致,团结宗亲就能欢欣鼓舞,这就是仁义之道。不要让人篡夺你的权威。要依据自己的明察,顺乎常理处理问题。用恩德任用顺从的人,用武力灭绝反对的人。遵循这些原则不怀疑,天下就会附和服从了。"

【篇意】

本篇主要从政治的角度论述如何守土。主旨是用仁义之道"敬其众,合其亲",安抚左右近邻,控制四方远国。本篇又提出,仁政的基础是富国,主张不可损下益上,舍本逐末。篇中还反复强调要牢牢把握住政权。关于要抓紧时机和防微杜渐的观点,富于辩证发展的思想。

守 国

1.8.1 文王问太公曰:"守国奈何?"

太公曰:"斋,将语君天地之经,四时所生,仁圣之道,民机之情[①]。"

王即斋七日,北面再拜而问之[②]。

太公曰:"天生四时,地生万物。天下有民,仁圣牧之。故春道生,万物荣;夏道长,万物成;秋道敛,万物盈,冬道藏,万物寻[③]。盈则藏,藏则复起,莫知所终,莫知所始。圣人配之,以为天地经纪[④]。

故天下治，仁圣藏；天下乱，仁圣昌：至道其然也。圣人之在天地间也，其宝固大矣。因其常而视之[⑤]，则民安。夫民动而为机，机动而得失争矣。故发之以其阴，会之以其阳，为之先唱，天下和之。极反其常，莫进而争，莫退而让。守国如此，与天地同光。”

【注释】

①机：事物变化的迹象、征兆。　②北面：古代位次，尊者面向南，称为南面；卑者面向北，称为北面。适用于君臣、父子、师生等。这里指弟子向老师行礼。《汉书·于定国传》：“定国迎师学《春秋》，身执经，北面备弟子礼。”《后汉书·郑玄传》：“汝南应劭自赞曰：故太山太守应中远北面称弟子，何如？”　③寻：这里指寻求归宿。　④经纪：纲常、法度。　⑤视：效法。《书·太甲中》：“视乃厥祖。”孔传：“法视其祖而行之。”

【译文】

文王问太公说：“怎样保卫国家？”

太公说：“请先斋戒，我要对你说说天地间的纲常法度，四时的生长，仁人圣主治国的道理，民心变化的情况。”

文王就斋戒七日，面向北拜了又拜问太公。

太公说：“天生四时，地生万物。天下有民众，仁人圣主来治理他们。所以春天之道是滋生，万物向荣；夏天之道是成长，万物茂盛；秋天之道是收获，万物丰盈；冬天之道是储藏，万物归仓。丰收了就要储藏，储藏就要重新播种，不知道它的终点，不知道它的起点。圣人配合这规律，用来作为天地间的秩序。所以天下安定，仁人圣主不显露；天下混乱，仁人圣主兴起：最高的道理就是这样。圣人在天地之间，权威原本很大。遵循、效法那常道，民众就安定。民众不安定就会出现细微的迹象，细微的迹象发展下去就会出现权力得失之争。所以发动要秘密，会师要公开，首先起来倡导，天下就会应和。从极端恢复到正常时，不要向前争功，不要后退让权。这样保卫国家，与天地同光。”

【篇意】

本篇讲“守国”，是以攻为守：遵循天地常道，暗中蓄积力量，以便在民心变化的征兆出现时，抓住得失之争的时机，“为之先唱”，取得天下的响应。“守国如此，与天地同光。”这是一番伐纣的大道理，所以太公要周文王斋戒后才讲。

上　贤

1.9.1　文王问太公曰：“王人者何上何下？何取何去？何禁

何止?”

太公曰:“王人者上贤,下不肖;取诚信,去诈伪;禁暴乱,止奢侈。故王人者有六贼七害。”

文王曰:“愿闻其道。”

太公曰:“夫六贼者,一曰,臣有大作宫室池榭,游观倡乐者①,伤王之德;二曰,民有不事农桑,任气游侠②,犯历法禁③,不从吏教者,伤王之化;三曰,臣有结朋党④,蔽贤智,鄣主明者,伤王之权;四曰,士有抗志高节,以为气势,外交诸侯,不重其主者,伤王之威;五曰,臣有轻爵位,贱有司⑤,羞为上犯难者,伤功臣之劳;六曰,强宗侵夺,陵侮贫弱者,伤庶人之业。

“七害者,一曰,无智略权谋,而以重赏尊爵之故,强勇轻战,侥幸于外,王者慎勿使为将;二曰,有名无实,出入异言,掩善扬恶,进退为巧,王者慎勿与谋;三曰,朴其身躬,恶其衣服,语无为以求名,言无欲以求利,此伪人也,王者慎勿近;四曰,奇其冠带,伟其衣服,博闻辩辞,虚论高议,以为容美,穷居静处,而诽时俗,此奸人也,王者慎勿宠;五曰,谗佞苟得,以求官爵,果敢轻死,以贪禄秩,不图大事,得利而动,以高谈虚论,说于人主,王者慎勿使;六曰,为雕文刻镂,技巧华饰,而伤农时,王者必禁之;七曰,伪方奇技⑥,巫蛊左道⑦,不祥之言,幻惑良民,王者必止之。

“故民不尽力,非吾民也;士不诚信,非吾士也;臣不忠谏,非吾臣也;吏不平洁爱人,非吾吏也;相不能富国强兵,调和阴阳⑧,以安万乘之主,正群臣,定名实,明赏罚,乐万民,非吾相也。夫王者之道如龙首,高居而远望,深视而审听,示其形,隐其情。若天之高,不可极也;若渊之深,不可测也。故可怒而不怒⑨,奸臣乃作;可杀而不杀,大贼乃发;兵势不行,敌国乃强。”

文王曰:“善哉!”

【注释】

①倡乐:古代的倡,指歌舞艺人。倡乐,是与雅乐相对立的一种通俗艺术,为崇礼乐者所轻视。《后汉书·桓谭传》:“谭性嗜倡乐,简易不修威仪。”《晋书·袁山松传》:“羊昙善倡乐,桓伊能挽歌,及山松《行路难》继之,时人谓之三绝。”

②任气游侠：任气，谓意气用事。　游侠，这里指不遵法度的侠义行为。《史记·游侠列传》肯定游侠轻生重义，能勇于救人急难，但也引《韩非子·五蠹》"侠以武犯禁"之文，指出游侠的行为有"不轨于正义"的一面。　③犯历：即违犯。历，有超过的意思。　④朋党：为私利而勾结同类的人。《荀子·臣道》："朋党比周，以环主图私为务，是篡臣者也。"　⑤有司：官吏。　⑥伪方奇技：方技古指医药养生之类的技术，《汉书·艺文志》将方技类书概括为医经、经方、房中、神仙四种（"神仙"也是养生一类的书）。　⑦巫蛊左道：巫蛊，谓巫师使用邪术加祸于人。　左道，邪道。《礼记·王制》："执左道以乱政，杀。"注："左道，若巫蛊及俗禁。"　⑧调和阴阳：谓调和各种矛盾。《老子》："万物负阴而抱阳。"《易·系辞上》："一阴一阳之谓道。"都把阴阳喻为事物的矛盾。《书·周官》："兹惟三公，论道经邦，燮理阴阳。"燮理阴阳即调和阴阳。　⑨怒：谴责。《礼记·内则》："若不可教而后怒之。"

【译文】

文王问太公说："统治人民的人尊崇什么、贬抑什么？任用什么、排斥什么？严禁什么、制止什么？"

太公说："统治人民的人尊崇贤能，贬抑不肖；任用忠诚老实，排斥奸诈虚伪；严禁暴乱，制止奢侈。所以统治人民的人会遇到六种坏事、七种坏人。"

文王说："我愿听听其中的道理。"

太公说："所谓六种坏事，一是，臣子中有大造宫室池塘台榭，游玩观赏低俗音乐歌舞的，会使君王的德政受到损害；二是，人民中有不从事农桑，意气用事，搞江湖义气，违犯法禁，不服官吏教导的，会使君王的教化受到损害；三是，臣子中有结党营私，遮挡贤智，蒙蔽主上聪明的，会使君王的权力受到损害；四是，士人中有抬高志向和气节，造成气势，对外交通诸侯，不尊重主上的，会使君王的威望受到损害；五是，臣子中有看轻爵位，鄙视上级官吏，以替主上冒险犯难为羞耻的，会使功臣的勋劳受到损害；六是，强宗大族侵吞掠夺，欺凌贫弱的，会使百姓的生计受到损害。

"所谓七种坏人，一是，没有智略权谋，以获取重赏高官为目的，逞强恃勇轻率作战，对外打仗侥幸获胜的，君王千万谨慎不要任他为将；二是，有名无实，表里不一，掩人之善，扬人之恶，进也投机，退也取巧，君王千万谨慎不要与他一起商讨大事；三是，装扮得很朴素，衣着破旧，口上说的是无为，实则借以求名，口上说的是无欲，实则借以求利，这是虚伪的人，君王千万谨慎不要与他接近；四是，冠带奇特，衣服气派，博闻善辩，空论高谈，以此来美化自己，住在穷陋之乡，处于闲静之地，却诽谤时俗，这是奸诈的人，君王千万谨慎不要宠信他；五是，谗言献媚，苟且求得，谋取官爵，鲁莽行事，不顾性命，贪求俸禄，不考虑大事，得利就干，用高谈阔论取悦人主，君王千万谨慎不要任用他；六是，从事雕文刻镂，技巧华饰，妨害农时，君王一定要严禁他；七是，骗人的医术方士，旁门左道的巫蛊之术，用不祥的妖言迷惑良民，君王一定要制止他。

"所以民众不尽力，就不是我的民众；士人不忠诚老实，就不是我的士人；臣子不忠言直谏，就不是我的臣子；官吏不公平廉洁爱护人民，就不是我的官吏；宰相不能富国强兵，调和矛盾，使君王安定，百官端正，名实确定，赏罚严明，万民和乐，就不是我的宰相。君王之道好像龙头，居高远望，看得深，听得周详，显示自己的形体，隐藏自己的实情。像天那样高，不可穷极；像渊那样深，不可测量。所以该愤怒而不愤怒，奸臣就会活动；该杀而不杀，大乱就会发生；该用兵而不用兵，敌国就会强大起来。"

文王说："好极了。"

【篇意】

本篇虽以"上贤"为名，但主要内容是讲克服负面的东西："下不肖"、"去诈伪"、"禁暴乱、止奢侈"，归结为警惕"六贼""七害"。最后一段从民、士、臣、吏，相应有的素质转到论君王之道，博得了文王"善哉"的赞叹。

举　贤

1.10.1　文王问太公曰："君务举贤而不获其功，世乱愈甚以致危亡者，何也？"

太公曰："举贤而不用，是有举贤之名，而无用贤之实也。"

文王曰："其失安在？"

太公曰："其失在君好用世俗之所誉[①]，而不得真贤也。"

文王曰："何如？"

太公曰："君以世俗之所誉者为贤，以世俗之所毁者为不肖，则多党者进，少党者退。若是，则群邪比周而蔽贤[②]，忠臣死于无罪，奸臣以虚誉取爵位。是以世乱愈甚，则国不免于危亡。"

文王曰："举贤奈何？"

太公曰："将相分职，而各以官名举人。按名督实，选才考能，令实当其名，名当其实，则得举贤之道也。"

【注释】

①世俗：指平常凡庸的一般人。《商君书·更法》："子之所言，世俗之言也。"②比周：结党营私。《管子·立政》："群徒比周之说胜，则贤不肖不分。"

【译文】

文王问太公说："君主致力于举贤而收不到功效，社会混乱更加严重以至于达到危亡的程度，是因为什么？"

太公说："选拔贤能而不加任用，这是有举贤之名，而没有用贤之实。"

文王说："失误在什么地方？"

太公说："失误在于君主喜欢用世俗所称赞的人，而得不到真正的贤人。"

文王说："怎么回事？"

太公说："君主把世俗所称赞的人当作贤人，把世俗所诽谤的人当作不贤的人，那么朋党多的人就被进用，朋党少的人就被斥退。如果这样，一群邪恶的人就会结党营私遮挡贤能，忠臣无罪而死，奸臣用虚名取得爵位。所以社会混乱更加严重，那么国家就不免于危亡了。"

文王说："怎样选用贤能？"

太公说："将相职务分开，根据官名举用人材，按照名称察看实际，选拔才智考核能力，使实与名相当，名与实相当，那就得到举贤之道了。"

【篇意】

本篇讲举贤之道在"按名督实，选才考能，令实当其名，名当其实"，而不用世俗的眼光来看人。

赏 罚

1.11.1 文王问太公曰："赏所以存劝，罚所以示惩。吾欲赏一以劝百，罚一以惩众[①]，为之奈何？"

太公曰："凡用赏者贵信，用罚者贵必。赏信罚必于耳目之所闻见，则所不闻见者莫不阴化矣。夫诚畅于天地，通于神明，而况于人乎！"

【注释】

①赏一以劝百，罚一以惩众：《文中子》："杜如晦问政，子曰：'赏一以劝百，罚一以惩众。'"盖取自《六韬》。

【译文】

文王问太公说："奖赏是用来鼓励的，惩罚是用来警戒的。我想要奖赏一个以鼓励多数，惩罚一个以警戒众人，应该怎么办？”

太公说：“凡用赏贵在守信，用罚贵在必行。在耳朵能听到的、眼睛能看到的范围内做到奖赏守信、惩罚必行，那么听不到的、看不见的地方也无不潜移默化了。真诚可以畅通于天地，神明，何况对人呢？”

【篇意】

本篇强调“用赏者贵信，用罚者贵必”，有了一个“诚”字，才能“赏一以劝百，罚一以惩众”。

兵　道

1.12.1　武王问太公曰[①]：“兵道如何？”

太公曰：“凡兵之道，莫过乎一[②]。一者，能独往独来[③]。黄帝曰[④]：‘一者，阶于道[⑤]，几于神[⑥]。’用之在于机，显之在于势，成之在于君。故圣王号兵为凶器，不得已而用之[⑦]。今商王知存而不知亡[⑧]，知乐而不知殃。夫存者非存，在于虑亡；乐者非乐，在于虑殃。今王已虑其源，岂忧其流乎！”

武王曰：“两军相遇，彼不可来，此不可往，各设固备，未敢先发。我欲袭之，不得其利，为之奈何？”

太公曰：“外乱而内整，示饥而实饱，内精而外钝。一合一离，一聚一散。阴其谋，密其机，高其垒，伏其锐士，寂若无声，敌不知我所备。欲其西，袭其东[⑨]。”

武王曰：“敌知我情，通我谋，为之奈何？”

太公曰：“兵胜之术，密察敌人之机，而速乘其利，复疾击其不意[⑩]。”

【注释】

①武王：见1.5.1注①。　②一：一致性，统一性。也就是后来周武王师渡孟津时宣誓中所说“予有臣三千，惟一心”（《书·泰誓上》）的意思。相反，“受（纣）有臣亿万，惟亿万心”，那就不可能做到“一”。　③独往独来：《庄子·在宥》：“出入六合，游乎九州，独往独来，是谓独有。”注：“人皆自异而己独群游，斯乃独往独来者也。”《庄子》的“独往独来”，指不与人立异，与本篇的含义有相通之处而不尽相同。本篇的“独往独来”，指全军上下取得了一致性以后所达到的一

种境界，与《尉缭子·兵谈》所说的“将者，上不制于天，下不制于地，中不制于人”有相似之处。 ④黄帝：传说中中原各族的共同祖先，从史载他姬姓可知，他是周代才开始被尊奉的。他的言论，当是春秋战国时人的伪托。 ⑤一者，阶于道：阶，缘由，由来。一由来于道的观点，与《老子》“道生一”的说法，在表现形式上有相似之处。 ⑥几于神：几，接近，近于。神，《易·系辞上》：“阴阳不测之谓神。”《孙子·虚实》：“故兵无常势，水无常形，能因敌变化而取胜者，谓之神。” ⑦故圣王号兵为凶器，不得已而用之：《老子》：“兵者不祥之器，非君子之器，不得已而用之。” ⑧商王：指商纣王。名受，亦称帝辛，商代最后的君主。 ⑨欲其西，袭其东：后代兵法上常说的“声东击西”，即由来于此。《通典·兵典六》：“声言击东，其实击西。” ⑩疾击其不意：《孙子·计》：“攻其无备，出其不意。”

【译文】

武王问太公说：“用兵之道是怎样的？”

太公说：“凡是用兵之道，没有比一致性更重要的了。一致性，就是能独往独来。黄帝说：‘一致性，由道而来，几乎可以达到神的程度。’运用这种一致性在于时机，表现这种一致性在于形势，成就这种一致性在于君主。所以圣王称战争是凶器，不得已才使用它。如今商纣王只知道存在而不知道灭亡，只知道欢乐而不知道祸殃。存在的并非永远存在，在于是否忧虑灭亡；欢乐的并非永远欢乐，在于是否忧虑祸殃。如今君王已经考虑到根本问题了，难道还担忧枝节问题吗？”

武王说：“两军相遇，对方不能攻来，我方不能攻去，各自设置坚固的守备，不敢率先发动战争。我方想要袭击他，没有得到有利的时机，对此该怎么办？”

太公说：“外表散乱而内部严整，显示饥饿而实际很饱，内部精锐而外表笨拙。一时合兵一时分兵，一时聚集一时离散。使计谋隐匿，使机要秘密，高筑壁垒，埋伏精锐之士，寂静得好像没有声音，使敌人不知道我方准备的情况。想要得到敌人的西面，佯攻敌人的东面。”

武王说：“敌人知道了我方的情况，了解了我方的计谋，对此该怎么办？”

太公说：“作战取胜的方法，在于详察敌人的机要，而迅速地抓住有利时机，进而快速地给以出其不意的打击。”

【篇意】

本篇讲用兵之道，最重要的是谋求全军上下的一致性。在此基础上，讲求兵不厌诈，乘敌以隙。

卷二　武　韬

发　启

2.1.1　文王在丰召太公①，曰："呜呼！商王虐极，罪杀不辜。公尚助予忧民②，如何？"

太公曰："王其修德，以下贤惠民，以观天道③。天道无殃，不可先倡；人道无灾④，不可先谋。必见天殃，又见人灾，乃可以谋。必见其阳，又见其阴，乃知其心；必见其外，又见其内，乃知其意；必见其疏，又见其亲，乃知其情。行其道⑤，道可致也；从其门⑥，门可入也；立其礼⑦，礼可成也；争其强，强可胜也。全胜不斗，大兵无创，与鬼神通。微哉！微哉！

【注释】

①丰：亦作酆。西周国都，文王所建。《诗·大雅·文王有声》："既伐于崇，作邑于丰。"可见本篇所记是文王伐崇侯虎以后的事。后武王又建镐京，丰京仍为西周政治文化中心。　②尚：表示祈求语气的副词。《书·汤誓》："尔尚辅予一人。"　③天道：古代用日月星辰等天象变化来推测人事吉凶的一种观念。《书·汤诰》："天道福善祸淫，降灾于夏。"这种迷信的天道观后来被朴素的唯物主义天道观所否定。　④人道：指人世间的事情。　⑤其道：指吊民伐罪之道。　⑥其门：指统一天下之门。　⑦其礼：指建军立国之礼。

【译文】

文王在丰京召见太公，说："唉！商纣王暴虐极了，任意加罪、杀害无辜的人。请太公帮助我为民担忧，怎么样？"

太公说："君王要修德，来礼贤下士，施惠于民，来观察天道吉凶。天道没有出现灾殃，还不能率先倡导；人道没有出现祸乱，还不能率先谋划。一定要看到天生灾殃，又看到人生祸乱，才可以谋划。一定要看到公开的一面，又看到隐蔽的一面，才知道人的思想；一定要看到外在的一面，又看到内在的一面，才知道人的意图；一定要看到疏远什么人，又看到亲近什么人，才知道人的感情。实行吊民伐罪之道，这道就可以实现；遵循统一天下之门，这门就可以进入；设置建军立国之礼，这礼就可以建成；与强敌争战，虽强也可以战胜。获得全胜而不用战斗，大军没有伤亡，简直与鬼神相通了。微妙啊，微妙啊！

2.1.2 “与人同病相救，同情相成，同恶相助，同好相趋。故无甲兵而胜，无冲机而攻①，无沟堑而守。大智不智②，大谋不谋，大勇不勇，大利不利。利天下者，天下启之；害天下者，天下闭之。天下者，非一人之天下，乃天下之天下也。取天下者，若逐野兽，而天下皆有分肉之心；若同舟而济，济则皆同其利，败则皆同其害：然则皆有启之，无有闭之也。无取于民者，取民者也；无取于国者，取国者也；无取于天下者，取天下者也。无取民者，民利之；无取国者，国利之；无取天下者，天下利之。故道在不可见，事在不可闻，胜在不可知。微哉，微哉！

【注释】

①冲机：攻城的战车和器械。《诗·大雅·皇矣》：“与尔临冲，以伐崇墉。”毛传：“冲，冲车也。”是一种冲击城墙的战车。《战国策·宋卫策》：“公输般为楚设机，将以攻宋。”注：“机，械，云梯之属也。” ②大智不智：并以下三句，与《老子》“大直若屈，大巧若拙，大辩若讷”意相似。

【译文】

“与人疾病相同就能互相救治，感情相同就能互相成全，憎恶相同就能互相帮助，爱好相同就能走到一起。所以没有胄甲和兵器也能胜利，没有冲车和云梯也能进攻，没有濠沟和护城河也能防守。大智不炫耀智慧，大谋不暴露计谋，大勇不显示勇猛，大利不贪图私利。为天下谋利的，天下人都向他敞开大门；使天下受害的，天下人都向他紧闭大门。天下不是一个人的天下，是天下人的天下。要取得天下的人，好像追逐野兽，而天下人都有分肉的心；又好像同船渡河，渡过了就都一起得到好处，失败了就都一起受害：这样的话，那么天下人都只有敞开大门而没有紧闭大门的了。不向人民索取利益的人，可以取得人民的拥护；不向别国索取利益的人，可以取得别国的拥护；不向天下索取利益的人，可以得到天下人的拥护。不向人民索取利益的人，人民就给他以利益；不向别国索取利益的人，别国就给他以利益；不向天下索取利益的人，天下人就给他以利益。所以取天下之道在于人所不能见,取天下之事在于人所不能闻,取天下之胜利在于人所不能知。微妙啊,微妙啊!

2.1.3　“鸷鸟将击,卑飞敛翼;猛兽将搏,弭耳俯伏;圣人将动,必有愚色①。今彼殷商,众口相惑,纷纷渺渺②,好色无极:此亡国之征也。吾观其野,草菅胜谷③;吾观其众,邪曲胜直④;吾观其吏,暴虐残贼,败法乱刑,上下不觉:此亡国之时也。大明发而万物皆照⑤,大义发而万物皆利,大兵发而万物皆服。大哉圣人之德,独闻独见⑥,乐哉!”

【注释】

①愚色:愚芚之色。《庄子·齐物论》:“众人役役,圣人愚芚。”芚,《释文》引司马彪:“浑沌不分察也。”　②纷纷渺渺:纷纷,混乱貌。渺渺,远貌,这里从空间引申为时间上的久远。形容混乱不已的样子。　③草菅:茅草。　④邪曲:不正。《荀子·非相》:“乡乎邪曲而不迷,观乎杂物而不惑。”　⑤大明:指日、月。《管子·内业》:“视乎大明。”尹知章注:“日月也。”　⑥独闻独见:形容圣人的见闻超群脱俗。《韩诗外传》:“圣人隐居深念,独闻独见。”

【译文】

“猛禽将要袭击,低飞收翅;猛兽将要捕捉,贴耳俯伏;圣人将要行动,必先露出愚钝的样子。如今那殷商,众口相告疑虑,混乱不已,纣王荒淫无度:这是亡国的征兆。我观察殷商田野,茅草盖过了谷子;我观察殷商的百姓,邪恶压倒了正直;我观察殷商的官吏,暴虐败坏,违法乱刑,上上下下执迷不悟:这是亡国的时候。日月升起,万物普照;大义兴起,万物受益;大军发动,万物安服。伟大啊圣人的德行,独到的见闻,欢乐啊!”

【篇意】

本篇分析了殷商已出现亡国的征兆。但是“鸷鸟将击,卑飞敛翼;猛兽将搏,弭耳俯伏;圣人将动,必有愚色”:必须不露声色地积蓄力量,作好准备。特别是要修德惠民,打出“利天下”的旗帜,以取得天下人的拥护。

文　启

2.2.1　文王问太公曰:“圣人何守?”

太公曰:“何忧何啬①,万物皆得;何啬何忧,万物皆遒②。政之所施，莫知其化；时之所在，莫知其移。圣人守此而万物化，何穷之有，终而复始。优之游之[③]，展转求之；求而得之，不可不藏；既以藏之，不可不行；既以行之，勿复明之。夫天地不自明，故能长生；圣人不自明，故能名彰。古之圣人，聚人而为家，聚家而为国，聚国而为天下，分封贤人以为万国，命之曰大纪[④]。陈其政教，顺其民俗，群曲化直，变于形容[⑤]。万国不通，各乐其所，人爱其上，命之曰大定。呜呼！圣人务静之，贤人务正之，愚人不能正，故与人争。上劳则刑繁，刑繁则民忧，民忧则流亡，上下不安其生，累世不休，命之曰大失。天下之人如流水，障之则止，启之则行，静之则清。呜呼，神哉！圣人见其所始，则知其所终。”

【注释】

①啬：吝惜。《战国策·韩策一》：“公仲啬于财。” ②遒：聚集。《诗·商颂·长发》：“百禄是遒。”毛传：“遒，聚也。” ③优之游之：悠闲自得的样子。《诗·大雅·卷阿》：“优游尔休矣。”休，休息。《史记·孔子世家》：“优哉游哉，维以卒岁。” ④大纪：最高的秩序。纪，纲纪，秩序。 ⑤形容：形象。《易·系辞上》：“圣人有以见天下之赜，而拟诸其形容，象其物宜，是故谓之象。”赜，幽深玄妙。

【译文】

文王问太公说：“圣人要把握住什么？”

太公说：“忧虑什么，吝惜什么，万物都可获得；吝惜什么，忧虑什么，万物都能聚集。政令施行下去，没有人知道它引起的变化；四时的存在，没有人知道它的推移。圣人把握住这一点，万物变化，哪儿有什么穷尽，结束了又开始。悠闲自得，反复探求；探求而得到了，不能不藏在心中；既然已经藏在心中，就不能不实行；既然已经实行了，就不必再说明。天地不自我表白，所以能生长万物；圣人不自我表白，所以能名声显著。古代的圣人，把人聚集起来组成家族，聚集家族组成国家，聚集国家组成天下，分封贤人成为上万个小国，称之为大纪。宣扬政教，顺应民俗，把众多不正的化为正直的，改变了形象。万国不相交通，各自喜爱自己的处所，人人爱戴自己的君主，称之为大定。唉，圣人致力于清静，贤人致力于公正，愚人不能公正，所以与人相争。君主过于劳神那就刑罚繁多，刑罚繁多就会使民众忧惧，民众忧惧就会流散逃亡，上上下下都不得安生，接连几代无法休养生息，称之为大失。天下的人好像流水一样，阻塞它就停止，放开它就流动，让它安静它就清澈。唉，神奇啊！圣人看到它的开始，就能知道它的结果。”

2.2.2　文王曰："静之奈何？"

太公曰："天有常形①，民有常生②，与天下共其生，而天下静矣。太上因之③，其次化之，夫民化而从政。是以天无为而成事，民无与而自富，此圣人之德也。"

文王曰："公言乃协予怀，夙夜念之不忘，以用为常。"

【注释】

①天有常形：指天上的日月星辰以及四时变化，都是恒常不变的。《管子·形势》："天不变其常，地不易其则，春秋冬夏不更其节，古今一也。"　②民有常生：指农、工、商各司其业以及农民的春种、夏管、秋收、冬藏等生计，也是恒常不变的。　③太上：最上。太亦作大。《左传·襄公二十四年》："大上有立德，其次有立功，其次有立言。"孔颖达疏："大上，谓人之最上者，上圣之人也。"

【译文】

文王说："怎样使天下的人安静？"

太公说："天有恒常不变的规律，人民有恒常不变的生业，与天下共安生业，天下就安静了。最好的办法是顺应人民，其次是教化他们，人民接受教化就顺从政令了。所以天无所作为而成就万物，人民无须给予而自能富足，这是圣人的德政。"

文王说："您的话正合我意，我要日夜念念不忘，用它作为不变的规则。"

【篇意】

本篇讲圣人的德政，要像天一样自然无为，使"政之所施，莫知其化"，这样天下就会安静，人民就会"无与而自富"。

文　伐

2.3.1　文王问太公曰："文伐之法奈何①？"

太公曰："凡文伐有十二节：一曰因其所喜，以顺其志，彼将生骄，必有奸事②；苟能因之，必能去之。二曰亲其所爱，以分其威，一人两心，其中必衰③；廷无忠臣，社稷必危。三曰阴赂左右，得情甚深；身内情外，国将生害。四曰辅其淫乐，以广其志④，厚赂珠玉，娱以美人；卑辞委听，顺命而合：彼将不争，奸节乃定。五曰严其忠臣⑤，而薄其赂；稽留其使，勿听其事，亟为置代；遗以诚事，亲而信之。其君将复合之。苟能严之，国乃可谋。六曰收其内，间其外；才臣外相[⑥]，敌国内侵，国鲜不亡。七曰欲锢其心，必厚赂之；收其左右忠爱，阴示以利，令之轻业，而蓄积空虚。八曰赂以重宝，因与之谋，谋而利之。利之必信，是谓重亲[⑦]。重亲之积，必为我用。有国而外，其地大败。九曰尊之以名，无难其身；示以大势，从之必信。致其大尊，先为之荣；微饰圣人，国乃大偷[⑧]。十曰下之必信，以得其情，承意应事，如与同生。既以得之，乃微收之。时及将至，若天丧之。十一曰塞之以道[⑨]：人臣无不重贵与富，恶死与咎；阴示大尊，而微输重宝，收其豪杰。内积甚厚，而外为乏。阴纳智士使图其计，纳勇士使高其气；富贵甚足，而常有繁滋。徒党已具，是谓塞之。有国而塞，安能有国。十二曰养其乱臣以迷之，进美女淫声以惑之，遗良犬马以劳之，时与大势以诱之。上察而与天下图之。十二节备，乃成武事。所谓上察天，下察地，征已见，乃伐之。"

【注释】

①文伐：谓用非军事手段打击敌人。　②奸：原作好，据《武经七书汇解》改。　③中：通忠。《金石古文·汉荡阴令张君碑》："中謇于朝。"中謇，即忠诚。　④广：通旷，荒废，耽误。《汉书·五行志中)："师出过时兹谓广，其旱不生。"注："李奇曰：广音旷。韦昭曰：谓怨旷也。"　⑤严：尊敬。《孝经·圣治》："孝莫大于严父。"　⑥外相：即相外；相，帮助。　⑦重亲：重是重复，亲是亲善；意为加深友好。　⑧偷：怠惰。《孙膑兵法·将史》："令数变，众偷，可败也。"　⑨塞：阻隔，指横在国君与臣民之间的可以闭塞国君视听的臣子。

【译文】

文王问太公说："怎样用非军事的方法打击敌人？"

太公说："用非军事手段打击敌人有十二种方法：一是按照敌君的喜好，顺着他的心意，他将滋生骄傲情绪，一定会做出一些邪恶的事情；如果能使他继续做下去，一定能把他除掉。二是拉拢敌君的宠臣，以分散敌君的权威。一个人有了两心，他的忠心一定衰弱了；朝廷中没有了忠臣，国家一定会危亡。三是暗中贿赂敌君左右的近臣，与他们建立深厚的感情；他们身在国内而心向国外，国家就将发生祸害。四是助长敌君淫乐作风，荒废他的志向，用丰厚的珠玉贿赂他，送美女供他欢娱；言辞卑下，曲意听从，顺着他的命令迎合他：他将不再与我国相争，他奸邪的情节也就形成了。五是尊敬敌国的忠臣，给他的礼物要少。他出使前来时要羁留住他，不听他讲事，竭力促使他的国君另派使者替代他；这时告诉他一些真实情况，使他感到亲近、信任。他的国君也将重新任用他。如能尊敬敌国的忠臣，他的国家就可以谋取了。六是收买敌国内部的大臣,离间敌国与外国的关系;有才干的大臣帮助外国,敌对的国家又侵入他的内部,国家很少有不灭亡的。七是想要控制谁的心,就一定要重重地贿赂他;收买敌君左右的亲信,用利益暗示他们,使他们忽视生产,造成积蓄空虚。八是用贵重的宝物贿赂敌君,进而与他谋划,谋划中使他得到好处,他得到好处必然信任我方,这就叫加强亲善。加强亲善,一定会被我国利用。拥有国家而被外国利用,他的土地就会大片沦丧。九是用名号尊崇他,不要有使他为难的事;让他感到他有巨大的权势,别人一心一意地顺从他。给他最高的尊荣,先为他歌功颂德;等他逐渐装扮成圣人的时候,他的国事就开始懈怠废弛了。十是自居于敌君之下使之深信不疑,以获取他的感情;秉承他的意图接受他的事情,好像与他是兄弟一般。已经得到他的信任,就逐渐控制他。时机一到,就像上天灭亡他一样。十一是用办法造成敌君的闭塞:人臣没有不看重富贵而憎恶死亡与灾祸的;暗示他可以得到高官显爵,秘密地送他贵重的宝物,收买敌国的豪杰。内里积藏很厚,而外表装得贫乏。暗中送他智士为他谋划,送他勇士来提高他的气势;富贵很足,欲望还不断滋长扩大。党羽已经形成,这就叫使敌君闭塞。有国家而陷于闭塞,怎么能保有国家。十二是培养敌君的乱臣,使敌君迷误,进献美女和靡靡之音使敌君惑乱,送良犬骏马使敌君心力疲劳,时时用盛大的势力来误导他。君主观察到这一切就与天下共图大业。十二种方法都用全了,就能成就武功。所谓上观天,下察地,各种征兆已经出现,就征讨敌人。"

【篇意】

本篇讲用非军事手段打击敌人,包括腐蚀敌国君主,利用敌国矛盾,收买拉拢敌国大臣,扶植助长敌国消极势力,达到分化瓦解敌国、促使敌国不战自垮的目的。

顺 启

2.4.1 文王问太公曰:"何如而可为天下?"

太公曰:"大盖天下[①],然后能容天下;信盖天下,然后能约天下;仁盖天下,然后能怀天下;恩盖天下,然后能保天下;权盖天下,然后能不失天下;事而不疑,则天运不能移[②],时变不能迁[③]:此六者备,然后可以为天下政。故利天下者,天下启之;害天下者,天下闭之。生天下者,天下德之;杀天下者,天下贼之。彻天下者,天下通之;穷天下者,天下仇之。安天下者,天下恃之;危天下者,天下灾之。天下者,非一人之天下,唯有道者处之。"

【注释】

①大：指心胸而言。 ②天运：自然的气数。《史记·天官书》："夫天运，三十岁一小变，百年中变，五百载大变。" ③时变：时世的变化。《史记·叔孙通列传》："若真鄙儒也，不知时变。"又《货殖列传》："白圭，周人也，乐观时变，故人弃我取，人取我予。"

【译文】

文王问太公说："怎么样才能治理天下？"

太公说："心胸盖过天下，然后才能包容天下；信用盖过天下，然后才能约定天下；仁爱盖过天下，然后才能怀抱天下；恩惠盖过天下，然后才能保护天下；权力盖过天下，然后才能不失天下；遇事果断不疑，那么自然的变化不能移动他，时世的变化不能改变他：这六点都具备了，然后才能治理天下的政事。所以有利于天下的，天下人就向他打开大门；有害于天下的，天下人就向他紧闭大门。为天下人谋生存的，天下人就感谢他的恩德；杀戮天下人的，天下人就消灭他。和天下人交通的，天下人就与他来往；使天下人陷于穷困的，天下人就对他仇视。安定天下的，天下人就依靠他；危害天下的，天下人就避之如同灾疫。天下不是一个人的天下，只有有道的人才能安排好它。"

【篇意】

本篇重复了"天下者，非一人之天下"的观点，指出"唯有道者处之"；整篇内容就是讲的"有道者"应该有哪些"道"，才能治理好天下。

三　疑

2.5.1　武王问太公曰："予欲立功，有三疑，恐力不能攻强、离亲、散众，为之奈何？"

太公曰："因之，慎谋，用财。夫攻强必养之使强，益之使张，太强必折，太张必缺；攻强以强，离亲以亲，散众以众。凡谋之道，周密为宝。设之以事[①]，玩之以利，争心必起。欲离其亲，因其所爱，与其宠人，与之所欲，示之所利，因以疏之，无使得志；彼贪利甚喜，遗疑乃止。凡攻之道，必先塞其明，而后攻其强，毁其大，除民之害；淫之以色，啖之以利，养之以味，娱之以乐。既离其亲，必使远民，勿使知谋，扶而纳之，莫觉其意，然后可成。惠施于民，必无忧财；民如牛马，数餧食之，从而爱之。心以启智，智以启财，财以启众，众以启贤；贤之有启,以王天下。"

【注释】

①设:安排。《韩非子·难势》:"吾所谓势者,言人之所设也。"

【译文】

武王问太公说:"我想要建立功勋,有三点疑虑,怕力量不能攻击强敌、离间敌君的亲信、涣散敌方的民众,对此该怎么办?"

太公说:"顺应着它,谨慎地运用计谋,花一些钱财。攻击强敌一定要养成他的强横,促成他的扩张,过分强横一定会遭受挫折,过分扩张一定会出现缺口;利用他的强横来攻击强敌,利用他的亲信来离间亲信,利用他的民众来涣散民众。凡是运用计谋,周密最为重要。要安排一些事情,用利来玩弄他们,他们相争之心一定会被引发。想要离间敌君的亲信,就要顺应着敌君所爱的和所宠信的人,给他们想要的东西,许他们更多的好处,借此来疏远他们与敌君的关系,使他们不能得志;他们贪图利益很是高兴,留下相互怀疑的种子才算完事。凡是攻击强敌,一定要先堵塞敌君的耳目,而后攻击他最强的部队,毁坏他最大的机构,除掉人民的祸害;要用女色来使他荒淫,用利来使他尝到甜头,用美味来供养他,用音乐来使他沉溺于享乐。离间了他的亲信以后,一定要使他远离人民,不要让他知道计谋,扶着他进入圈套,他一点也不觉察这个意图,然后才能成功。把恩惠施给民众,一定不要吝惜财物;民众好像牛马,经常喂养他们,他们就会爱喂养的人。心可以启动智慧,智慧可以启动财富,财富可以启动民众,民众可以启动贤才,贤才得到启动,就可以统治天下。"

【篇意】

本篇讲如何攻击强敌,如何离间敌君的亲信,如何涣散敌方的民众。

卷三 龙 韬

王 翼

3.1.1 武王问太公曰:“王者帅师,必有股肱羽翼,以成神威,为之奈何?”

太公曰:“凡举兵帅师,以将为命[①],命在通达,不守一术;因能受职,各取所长,随时变化,以为纲纪。故将有股肱羽翼七十二人,以应天道[②]。备数如法,审知命理,殊能异技,万事毕矣。”

【注释】

①命:指发号施令的人,今谓之司令。 ②七十二人以应天道:古以为七十二是个与天道有关的数字,一周天是三百六十度,以五行之数相除,即得七十二。《春秋繁露·治水五行》:“日冬至七十二日木用事,其气燥浊而青;七十二日火用事,其气惨阳而赤;七十二日土用事,其气湿浊而黄;七十二日金用事,其气惨淡而白;七十二日水用事,其气清寒而黑。”盖以一年为三百六十日。《旧五代史·历志》论七十二为化成之数曰:“立天之道曰阴曰阳,阴阳各有数,合则化成矣。阳之策三十六,阴之策二十四,奇偶相命,两阳三阴,同得七十二,同则阴阳之数合。七十二者,化成之数也。”以七十二为阳策三十六与阴策二十四之最小公倍数。故此处以七十二为上应天道之数。

【译文】

武王问太公说:“君王统率军队,一定要有得力的辅佐,用来造成神威,对此应怎么办?”

太公说:“凡是举兵统率军队,用将为司令,司令在于通达,不只守一门技术;他根据部下的能力授予他们职务,各取所长,随时变化,用来作为规章制度。所以将帅有得力的辅佐七十二人,来上应天道。按照规定配备人数,详细地了解他们,合理地任命他们,发挥他们的特殊技能,万事就完成了。”

3.1.2　武王曰："请问其目。"

太公曰："腹心一人，主潜谋应卒[①]，揆天消变[②]，总揽计谋，保全民命。

"谋士五人，主图安危，虑未萌，论行能，明赏罚，授官位，决嫌疑，定可否。

"天文三人，主司星历[③]，候风气[④]，推时日，考符验[⑤]，校灾异，知人心去就之机。

"地利三人，主三军行止形势，利害消息；远近险易，水涸山阻，不失地利。

"兵法九人，主讲论异同，行事成败，简练兵器[⑥]，刺举非法。

"通粮四人，主度饮食、蓄积，通粮道，致五谷，令三军不困乏。

"奋威四人，主择材力[⑦]，论兵革[⑧]，风驰电掣[⑨]，不知所由。

"伏鼓旗三人，主伏鼓旗，明耳目，诡符节，谬号令，暗忽往来，出入若神。

"股肱四人，主任重持难，修沟堑，治壁垒，以备守御。

"通材三人，主拾遗补过，应偶宾客，论议谈语，消患解结。

"权士三人，主行奇谲，设殊异，非人所识，行无穷之变。

"耳目七人，主往来听言视变，览四方之事、军中之情。

"爪牙五人，主扬威武，激励三军，使冒难攻锐，无所疑虑。

"羽翼四人，主扬名誉，震远方，摇动四境，以弱敌心。

"游士八人，主伺奸候变，开阖人情[⑩]，观敌之意，以为间谍。

"术士二人，主为谲诈，依托鬼神，以惑众心。

"方士二人，主百药，以治金疮。[⑪]以痊万病。

"法算二人，主计会三军营壁、粮食、财用出入。"

【注释】

①卒：通猝，指突然事变。　②揆：度量，揣测。　天，原作夫，据《武经七书》本改。揆天，指揣度天意。　③星历：天文历数。司马迁《报任安书》："文史星历，近乎卜祝之间。"　④候：伺望，侦察。风气：风与气。《汉书·律历志》："至治之世，天地之气合以生风，天地之风气正，十二律定。"　⑤符：祥瑞。《史记·封禅书》："未有睹符瑞见而不臻乎泰山者也。"《礼记·仲尼燕居》："万物

服体”郑玄注:“谓万物之符长,皆来为瑞应也。”《释文》:“符,谓甘露醴泉之属;长,谓麟凤五灵之属。” ⑥简练:精选训练。《礼记·月令》孟秋之月:“选士厉兵,简练桀俊。” ⑦材力:勇力。《史记·殷本纪》:“(纣)材力过人,手格猛兽。” ⑧论:通“抡”,选择。《国语·齐语》:“论比协材。”韦昭注:“论,择也。” ⑨掣:原作击,据《武经七书》本改。电掣,形容迅速如电光之一闪。 ⑩开阖:即开闭,引申为控制。 ⑪金疮:金属锋刃造成的创伤。《晋书·刘曜载记》:“使金疮医李永疗之。”

【译文】

武王说:“请问那些名目。”

太公说:“腹心一个人,负责暗中谋划,应付突然事件,揣度天意,消灭意外变故,总揽大计,保全民命。

“谋士五个人,负责商讨安定危局,考虑尚未露头的事故苗子,评定品行才能,使赏罚分明,授予官位,决断嫌疑,裁定可否。

“天文三个人,负责天文历法,观测气象,推算时日,考核祥瑞的应验,查对灾害和变异,了解人心向背的迹象。

“地利三个人,负责掌握行军或驻扎的地形地势,分析利害消长,远近险易,水源涸竭高山阻挡,使作战不失地利。

“兵法九个人,负责探讨不同见解,研究作战成败的可能性,精选兵器和训练对兵器的使用,侦察检举不法行为。

“通粮四个人,负责计算军中饮食所需,蓄积储备,使粮食运输畅通,五谷抵达,让军队不困乏。

“奋威四个人,负责选拔勇武之士,选用利兵坚甲,风驰电掣,出其不意地打击敌人。

“伏鼓旗三个人,负责掩藏战鼓军旗,使视听信号明白无误,伪造符节,假传号令,暗中忽往忽来,神出鬼没。

“股肱四个人,负责担任重要、艰难的工作,修濠沟,筑壁垒,以准备防守抵御敌人。

“通材三个人,负责检查缺漏弥补过失,应对宾客,讨论问题,消除祸患,解决纠纷。

“权士三个人,负责施行奇谋诡计,设置殊方异术,非一般人所能识破,行无穷之变化。

“耳目七个人,负责往来听言论,视变化,观察四方之事,军中之情。

“爪牙五个人,负责宣扬我军威武,激励三军,使冒着险难、攻打强敌而毫不犹豫。

“羽翼四个人,负责宣扬我军名望声誉,威震远方,动摇四邻,用以削弱敌国军心。

“游士八个人,负责侦察奸细,注意敌方变化,控制敌国人心,观察敌军意图,进行间谍活动。

"术士两个人，负责搞阴谋诡计，依托鬼神，来迷惑敌方军心。

"方士两个人，负责百种药物，来治疗创伤，治好各种疾病。

"法算两个人，负责计算三军营垒、粮食、财用出入。"

【篇意】

本篇讲述军队将帅手下十九种辅佐人员的编制和职能。

论　将

3.2.1　武王问太公曰："论将之道奈何？"

太公曰："将有五材①、十过。"

武王曰："敢问其目。"

太公曰："所谓五材者，勇、智、仁、信、忠也。勇则不可犯，智则不可乱，仁则爱人，信则不欺，忠则无二心。所谓十过者，有勇而轻死者，有急而心速者，有贪而好利者，有仁而不忍人者，有智而心怯者，有信而喜信人者，有廉洁而不爱人者，有智而心缓者，有刚毅而自用者，有懦而喜任人者。勇而轻死者，可暴也②；急而心速者，可久也；贪而好利者，可遗也；仁而不忍人者，可劳也③；智而心怯者，可窘也④；信而喜信人者，可诳也；廉洁而不爱人者，可侮也⑤；智而心缓者，可袭也；刚毅而自用者，可事也⑥；懦而喜任人者，可欺也。故兵者，国之大事；存亡之道，命在于将。将者，国之辅⑦，先王之所重也⑧。故置将不可不察也。故曰，兵不两胜，亦不两败。兵出逾境，期不十日，不有亡国，必有破军杀将。"

武王曰："善哉！"

【注释】

①材：资质，这里指为将应有的素质。　②暴：用为使动词，使之暴怒，即激怒。　③劳：使之疲惫。仁而不忍者治军必不严，故可不断干扰使之疲惫。④窘：使之困迫，即胁迫。　⑤侮：轻侮。不爱人者必失人心，故可轻侮之。⑥事：侍奉。刚愎自用者，若侍奉之则必轻敌，则可一举而败之。　⑦将者，国之辅：《孙子·谋攻》："夫将者，国之辅也。"　⑧先王：指周文王。

【译文】

武王问太公说："评论将帅的原则是怎么样的？"

太公说："将帅有五种应有的素质和十种缺点。"

武王说："请问是哪几条。"

太公说："所谓五种应有的素质，是勇敢、明智、仁慈、诚信、忠实。勇敢就不可侵犯，明智就不能扰乱，仁慈就爱护人，诚信就不欺骗，忠实就没有二心。所谓十种缺点，是有勇猛而轻死的，有急躁而心想速战速决的，有贪婪而好利的，有仁慈而对人该狠不狠的，有聪明而胆小怕事的，有诚信而轻信别人的，有廉洁而刻薄待人的，有聪慧而不果断的，有刚强而自以为是的，有懦弱而喜欢听任别人的。勇猛而轻死的，可以激怒他；急躁而心想速战速决的，可以拖延他；贪婪而好利的，可以贿赂他；仁慈而对人该狠不狠的，可以不断干扰他；聪明而胆小怕事的，可以胁迫他；诚信而轻信别人的，可以愚弄他；廉洁而刻薄待人的，可以轻侮他；聪慧而不果断的，可以偷袭他；刚强而自以为是的，可以侍奉迎合他；懦弱而喜欢听任别人的，可以欺骗他。所以战争，是国家的大事；存亡之道，命运在将帅手中。将帅是国家的辅佐，是先王重视的。所以设置将帅不可不审察。所以说，战争没有两家都胜的，也没有两家都败的。军队出了国境，不出十日，如果没能使敌国灭亡，就一定会被敌国破军杀将。"

武王说："说得好！"

【篇意】

本篇讲将帅素质高低对国家存亡的重要性，提出将帅应有的五种素质和不应有的十种缺点。

选　将

3.3.1　武王问太公曰："王者举兵，欲简练英雄，知士之高下，为之奈何？"

太公曰："夫士外貌不与中情相应者十五：有严而不肖者①，有温良而为盗者，有貌恭敬而心慢者，有外廉谨而内无至诚者，有精精而无情者②，有湛湛而无诚者③，有好谋而不决者，有如果敢而不能者，有悾悾而不信者④，有恍恍忽忽而反忠实者⑤，有诡激而有攻效者，有外勇而内怯者，有肃肃而反易人者⑥，有嗃嗃而反静悫者⑦，有势虚形劣而外出无所不至无所不遂者。天下所贱，圣人所贵；凡人莫知，非有大明不见其际，此士之外貌不与中情相应者也。"

【注释】

①严：严厉，严格。《孙子·计》："将者，智、信、仁、勇、严也。"把"严"作为将帅五种素质之一。　②精精：即精细，细密。因与下句"湛湛"对而叠精字。无情：不踏实。《礼记·大学》："无情者不得尽其辞。"郑玄注："情，犹实也。"　③湛湛：厚重貌。《楚辞·九章·哀郢》："忠湛湛而愿进兮，妒被离而障之。"　④悾悾而不信：悾悾，诚恳貌。《论语·泰伯》："狂而不直，侗而不愿，悾悾而不信，吾不知之矣。"　⑤恍恍忽忽：不可捉摸貌。《老子》："道之为物，惟恍惟忽。"　⑥肃肃：严正貌。《诗·小雅·黍苗》："肃肃谢功，召伯营之。"郑笺："肃肃，严正之貌。"　易人：平易近人。　⑦嗃嗃：严酷貌。《易·家人》："九三，家人嗃嗃，悔厉，吉。"孔疏："嗃嗃，严酷之意。"　悫：谨敬。《荀子·非十二子》："其容悫。"杨倞注："谨敬也。"

【译文】

武王问太公说："王者起兵，想要选拔英雄，了解士的高下，应该怎么办？"

太公说："士的外表与内情不相应的有十五种情况：有外表严谨实际无德无才的，有外表温和善良实际是盗贼的，有看似恭敬却内心傲慢的，有外表廉洁谨慎内心并不真诚的，有看似细致实际并不踏实的，有外表忠厚实际不诚恳的，有喜欢谋划却不能决断的，有好像果敢而实际无能的，有给人诚实之感却没有信用的，有看来不可捉摸反而忠实可信的，有言行诡秘激烈实际却能收到攻效的，有外表勇敢而内心怯懦的，有严肃反而平易近人的，有冷酷反而平和谨敬的，有外貌虚弱鄙劣外出为使者却无所不至无所不能的。天下人轻视的，圣人看重他；平常人不能了解，没有大的知人之明看不到实际，这就是士的外表与内情不相应的情况。"

3.3.2　武王曰："何以知之？"

太公曰："知之有八征[①]：一曰问之以言，以观其辞；二曰穷之以辞，以观其变；三曰与之间谍[②]，以观其诚；四曰明白显问，以观其德；五曰使之以财，以观其廉；六曰试之以色，以观其贞；七曰告之以难，以观其勇；八曰醉之以酒，以观其态。八征皆备，则贤不肖别矣。"

【注释】

①征：验证。《论语·八佾》："夏礼吾能言之，杞不足征也。"这里指验证的方法。　②间谍：原作间谍，据《武经七书汇解》改。

【译文】

武王说："怎样才能了解真实情况呢？"

太公说："了解真实情况有八种验证的方法：一是用话问他，来看他的言辞；二是追问到底，来看他应变的能力；三是让间谍与他在一起，来看他的忠诚；四是明知故问，来看他的品德；五是派他管理钱财，来看他的廉洁；六是用女色试验他，来看他的操守；七是告诉他有大难，来看他的勇敢；八是使他醉酒，来看他的仪态。八种验证方法都用过了，贤能还是不才就区别出来了。"

【篇意】

本篇讲士的表面与实际有种种不相一致的地方，为了选好将，要从八个方面去验证被选者的德才。

立　将

3.4.1　武王问太公曰："立将之道奈何？"

太公曰："凡国有难，君避正殿，召将而诏之曰：'社稷安危，一在将军，今某国不臣[①]，愿将军帅师应之。'将既受命，乃命太史卜[②]，斋三日，之太庙[③]，钻灵龟[④]，卜吉日，以授斧钺[⑤]。君入庙门，西面而立；将入庙门，北面而立。君亲操钺持首，授将其柄曰：'从此上至天者，将军制之。'复操斧持柄，授将其刃曰：'从此下至渊者，将军制之。见其虚则进，见其实则止。勿以三军为众而轻敌，勿以受命为重而必死，勿以身贵而贱人，勿以独见而违众，勿以辩说为必然。士未坐勿坐，士未食勿食，寒暑必同。如此，则士众必尽死力。'将已受命，拜而报君曰：'臣闻国不可从外治，军不可从中御[⑥]；二心不可以事君，疑志不可以应敌。臣既受命专斧钺之威，臣不敢生还。愿君亦垂一言之命于臣[⑦]。君不许臣，臣不敢将。'君许之，乃辞而行。军中之事，不闻君命，皆由将出，临敌决战，无有二心。若此，则无天于上，无地于下，无敌于前，无君于后。是故智者为之谋，勇者为之斗，气厉青云，疾若驰骛，兵不接刃，而敌降服。战胜于外，功立于内，吏迁士赏，百姓欢悦，将无咎殃。是故风雨时节，五谷丰熟，社稷安宁。"

武王曰："善哉！"

【注释】

①不臣：原指臣子对君主不忠或背叛，这里用于敌国，是把敌国放在臣属的位置上，有低看他一等的意思。　②太史：亦称大史，殷周时主管祭祀、历数、法典

的官。 ③太庙：天子的祖庙。 ④钻灵龟：《礼记·礼运》："何谓四灵？麟凤龟龙。"龟以其能卜，成为四灵之一，所以称为灵龟。占卜时，用龟腹甲（也有用背甲的）先行钻凿，再以火灼，龟甲就出现裂纹，据说看裂纹的走向就能定凶吉。"卜"的字音，即像龟甲被灼时坼裂之声；"卜"的字形，即像龟甲上裂纹之状。 ⑤斧钺：古代军法用以杀人的刑具，因此也象征军权。 ⑥中：指君主、朝廷。古代通讯手段落后，军队在外，军机万变，君主无法遥控，故有此言。 ⑦一言之命：指"将在外君命有所不受"之命，这里不直说，是臣子不便直说，因而采取婉约的说法。

【译文】

武王问太公说："任命主将的方式是怎样的？"

太公说："凡国家有危难，国君避开正殿，召见主将并命令他说：'国家安危，全在将军身上，如今某国背叛，望将军率领军队对付他们。'主将接受任命以后，国君就命令太史占卜，戒斋三天，来到太庙，钻凿龟甲，选择吉日，来授与斧钺。国君进入太庙的门，面向西而立；主将进入太庙的门，面向北而立。国君亲自拿着钺的头部，把柄授给主将说：'从这上到天的一切事情，全由将军掌管。'又亲自拿着斧的柄，把斧刃一面交给主将说：'从这下到深渊的一切事情，全由将军掌管。看到敌人虚弱就前进，看到敌人坚实就停止。不要因为三军众多就轻敌，不要因为受命责任重大就一定拼死，不要因为自己高贵就轻视他人，不要因为自己的见解而违背众人意见，不要把诡辩游说当成真理。士兵没有坐不要先坐，士兵没有吃不要先吃，一定与士兵同冷暖。这样，士兵们就一定能尽死力。'主将接受任命以后，跪拜着回答国君说：'我听说国家不可以从外部来治理，军队不可以由朝廷来指挥；怀有二心不可以服事国君，意志不统一不可以应对敌军。我既然接受任命专有斧钺之威，我就不敢活着回来。希望国君也赐给我一句话的命令。国君不答应我，我不敢担任主将。'国君答应了他，主将就辞别出发。军队中的事，听不到国君的命令，命令都出自主将，面临敌军进行决战，没有两条心的。像这样，上不受天时限制，下不受地利限制，前不受敌军限制，后不受国君限制。所以聪明的人为他出谋划策，勇敢的人为他出阵战斗，士气高昂直冲青云，行动迅速有如奔马，武器还没有交锋，敌军就已经投降。战争胜于外，功勋立于内，官吏得到升迁，士卒得到奖赏，百姓欢欣喜悦，将帅没有罪过灾殃。所以风雨应时，五谷丰登，国家安宁。"

武王说："说得好！"

【篇意】

本篇讲述任命主将的仪式，并阐发了"将在外君命有所不受"的重要性。

将　威

3.5.1　武王问太公曰:"将何以为威?何以为明?何以为禁止而令行?"

太公曰:"将以诛大为威,以赏小为明,以罚审为禁止而令行。故杀一人而三军震者,杀之;赏一人而万人悦者,赏之。杀贵大,赏贵小。杀及当路贵重之臣[①],是刑上极也;赏及牛竖马洗厩养之徒[②],是赏下通也。刑上极,赏下通,是将威之所行也。"

【注释】

①当路:掌握政权。《孟子·公孙丑上》:"夫子当路于齐,管仲晏子之功可复许乎?"　②牛竖:养牛的僮仆。　马洗:马前引导者。　厩养之徒:养马的人。厩,马棚。

【译文】

武王问太公说:"主将用什么树立威信?用什么来体现明察?用什么做到有禁必止,有令必行?"

太公说:"主将以诛杀大的来树立威信,以奖赏小的来体现明察,以惩罚慎重来做到有禁必止,有令必行。所以,杀一个人而让三军震动的,杀他;赏一个人而使万人喜悦的,赏他。杀,贵在杀大的;赏,贵在赏小的。杀到位尊任重的权臣头上,是刑罚及于最上层;赏到养牛牵马的仆役头上,是赏赐达到最下层。刑罚及于最上层,赏赐达到最下层,这是主将威信树立起来的表现。"

【篇意】

本篇讲述主将树立威信要能罚及于上,赏及于下。

励　军

3.6.1　武王问太公曰:"吾欲三军之众,攻城争先登,野战争先赴,闻金声而怒[①],闻鼓声而喜[②],为之奈何?"

太公曰:"将有三。"

武王曰:"敢问其目。"

太公曰:"将冬不服裘,夏不操扇,雨不张盖[③],名曰礼将;将不身服礼[4]，无以知士卒之寒暑。出隘塞，犯泥涂，将必先下步，名曰力将；将不身服力，无以知士卒之劳苦。军皆定次，将乃就舍，炊者皆熟，将乃就食，军不举火，将亦不举，名曰止欲将；将不身服止欲，无以知士卒之饥饱。将与士卒共寒暑、劳苦、饥饱，故三军之众，闻鼓声则喜，闻金声则怒。高城深池，矢石繁下，士争先登；白刃始合，士争先赴。士非好死而乐伤也，为其将知寒暑饥饱之审，而见劳苦之明也。"

【注释】

①金声：金指钟类乐器钲、铙等，军中鸣金，表示停止前进、收兵。《吕氏春秋·不二》："有金鼓，所以一耳。"高诱注："金，钟也。击金则退，击鼓则进。"《诗·小雅·采芑》："钲人伐鼓。"毛传："伐，击也。钲以静之，鼓以动之。"《周礼·地官·鼓人》："以金铙止鼓。"孔疏："进军之时击鼓，退军之时鸣铙。②鼓声：见上注①。　③盖：伞、车篷等遮阳挡雨的用具。　④礼：指军中之礼。《司马法·天子之义》："国容不入军，军容不入国。"是说军队中有特殊的礼仪法度。

【译文】

武王问太公说："我想要全军将士，攻城争先攀登，野战争先冲锋，听到钟声就愤怒，听到鼓声就喜欢，应该怎么办？"

太公说："将领要做到三点。"

武王说："请问它的具体内容。"

太公说："将领冬天不穿皮裘，夏天不拿扇子，下雨不张车篷，名叫礼将；将领不亲身遵守军中之礼，就不能知道士兵的冷暖。通过险要阻塞，碰到泥泞道路，将领必定先下车步行，名叫力将；将领不亲自出力，就不能知道士兵的劳苦。军队都安营扎寨了，将领才进宿舍，军队的饭菜都烧熟了，将领才就餐，军队没有灯火，将领也不点灯，名叫止欲将；将领不亲身抑止欲望，就不能知道士兵的饥饱。将领与士兵共冷暖，共劳苦，共饥饱，所以全军士兵听到进军的鼓声就欢喜，听到退兵的钟声就愤怒。高城深沟，箭石纷纷射下，士兵争先攀登；雪亮的武器刚一交锋，士兵争先冲击。士兵并不是喜欢死亡乐意受伤，是因为他们的将领对他们的冷暖、饥饱知道得很清楚，对他们的劳苦看得很分明的缘故。"

【篇意】

本篇讲述激励士气的方法在于将领身体力行，以身作则，与士兵同甘苦。

阴　符

3.7.1　武王问太公曰："引兵深入诸侯之地，三军卒有缓急[①]，或利或害。吾将以近通远，从中应外，以给三军之用，为之奈何？"

太公曰："主与将有阴符[②]，凡八等：有大胜克敌之符，长一尺；破军擒将之符，长九寸；降城得邑之符，长八寸；却敌报远之符，长七寸；警众坚守之符，长六寸；请粮益兵之符，长五寸；败军亡将之符，长四寸；失利亡士之符，长三寸。诸奉使行符，稽留若符事闻，泄告者皆诛之。八符者，主将秘闻，所以阴通、言语不泄、中外相知之术，敌虽圣智，莫之能识。"

武王曰："善哉！"

【注释】

①卒：通猝，突然。　缓急：偏义复词，着重点在"急"，危急之事。《史记·绛侯周勃世家》："即有缓急，周亚夫真可任将兵。"　②阴符：隐秘的符。符是古代一种事先约定的凭证。《史记·苏秦列传》："于是得《周书阴符》，伏而读之。"《索隐》："《战国策》云得太公《阴符》之谋，则《阴符》是太公兵法。"

【译文】

武王问太公说："领兵深入诸侯国境，军队突然遇到紧急情况，或者有利，或者有害。我想从近处沟通远方，从境内接应境外，来供给军队的需用，应该怎么办？"

太公说："国君与将领之间可以使用阴符，共有八种：表示大胜克敌的符，长一尺；表示破敌军擒敌将的符，长九寸；表示攻下城邑的符，长八寸；表示打退敌军报告远方的符，长七寸；表示警告军民坚守的符，长六寸；表示请求运粮增兵的符，长五寸；表示兵败将亡的符，长四寸；表示失利丧师的符，长三寸。凡奉命送符的使者，中途停留或者阴符的事让人知道了，泄密传告的人都要诛杀。八种符，国君与将领秘密知道，是用以暗中沟通、言语不泄漏、里外互相知情的方法，敌人即使绝顶聪明，也是不能识破的。"

武王说："好极了！"

【篇意】

本篇讲述军队与朝廷之间的第一种秘密通信方法。

阴　书

3.8.1　武王问太公曰："引兵深入诸侯之地，主将欲合兵①，行无穷之变，图不测之利，其事烦多，符不能明，相去辽远，言语不通，为之奈何？"

太公曰："诸有阴事大虑，当用书，不用符。主以书遗将，将以书问主，书皆一合而再离，三发而一知。再离者，分书为三部；三发而一知者，言三人人操一分，相参而不相知情也。此谓阴书②，敌虽圣智，莫之能识。"

武王曰："善哉！"

【注释】

①：合兵：兵器与兵器相交，犹言交兵。　②阴书：秘密的书信。今根据文中"一合而再离，三发而一知"的原则，参照《百科知识》1982 年 8 月《阴符、阴书与密码》一文拟成一个阴书：

今　吾	方之阵	中　粮
草　将	绝早与	诸　将
相　议	急　需	运　送
（一）	（二）	（三）

合成一书，即为："今吾方之阵中，粮草将绝，早与诸将相议，急需运送。"

【译文】

武王问太公说："领兵深入诸侯国境，主将想要交战，施行无穷的变化，谋求难以预料的胜利，事情烦多，用阴符不能说明，距离又遥远，言语不通，应该怎么办？"

太公说："凡有秘密的事情、重大的策略，应当用书信，不用符。国君把书信送交给主将，主将用书信请示国君，书信都要采取'一合而再离，三发而一知'的办法。所谓'一合而再离'，就是把书信分成三部分；所谓'三发而一知'，是说用三个人每人送一部分，相互参差而不相互知情。这称为阴书，敌人即使绝顶聪明，也是不能识破它的。"

武王说："好极了！"

【篇意】

本篇讲述军队与朝廷之间的第二种秘密通信方法。

军　　势

3.9.1　武王问太公曰："攻伐之道奈何?"

太公曰："势因于敌家之动[1]，变生于两阵之间，奇正发于无穷之源[2]。故至事不语，用兵不言。且事之至者，其言不足听也；兵之用者，其状不足见也。倏而往，忽而来，能独专而不制者，兵也。夫兵闻则议，见则图，知则困，辨则危。故善战者不待张军，善除患者理于未生，善胜敌者胜于无形，上战无与战。故争胜于白刃之前者，非良将也；设备于已失之后者，非上圣也；智与众同，非国师也[3]；技与众同，非国工也[4]。事莫大于必克，用莫大于玄默[5]，动莫神于不意，谋莫善于不识。夫先胜者，先见弱于敌而后战者也，故事半而功倍焉。圣人征于天地之动，孰知其纪[6]，循阴阳之道而从其候，当天地盈缩因以为常[7]，物有死生，因天地之形。故曰：未见形而战，虽众必败。善战者居之不挠，见胜则起，不胜则止。故曰无恐惧，无犹豫。用兵之害，犹豫最大；三军之灾，莫过狐疑。善战者见利不失[8]，遇时不疑，失利后时，反受其殃。故智者从之而不释，巧者一决而不犹豫，是以迅雷不及掩耳，迅电不及瞑目，赴之若惊，用之若狂，当之者破，近之者亡，孰能御之？夫将有所不言而守者，神也；有所不见而视者，明也。故知神明之道者，野无衡敌，对无立国。"

武王曰："善哉！"

【注释】

①势因于：原作"资因"，费解；《武经七书汇解》改为"势因于"，切于篇题，今从之。　②奇正：古时用兵，以对阵交锋为正，以偷袭、侧击、腰截等特殊战法为奇。《孙子·兵势》："凡战者，以正合，以奇胜。""战势不过奇正，奇正之变不可胜穷也。"　③国师：国君的老师。　④国工：国中技艺超群的工匠。　⑤玄默：沉静无为。《淮南子·主术训》："君人之道，……俨然玄默而吉祥受福。"这里引申为保守机密。　⑥孰：通熟。　纪：指天时的经纪，《书·洪范》："五纪：一曰岁，二曰月，三曰日，四曰星辰，五曰历数。"　⑦天地盈缩：指日之长短、月之盈亏之类的变化。　⑧善战者：原无"战"字，据宋本《武经七书》补。

【译文】

武王问太公说:“进攻讨伐之道是怎样的?”

太公说:“形势随着敌方行动而变化,应变形成于两军对阵之间,奇正产生于无穷的智慧源泉。所以最重要的事情不说,有关用兵的情况不讲。况且最重要的事情,有关它的话题是不能让人听见的;用兵,有关它的情况是不能让人看见的。忽往忽来,能独断专行而不受制于人的,就是用兵。用兵被敌方探听到了他就要议论对策,被敌方看出了他就要想法谋取,被敌方知道了他就要困扰我们,被敌方辨识了他就要危害我们。所以善于作战的人不等展开军队,善于消除祸患的人在祸患生成之前就治理,善于战胜敌人的人取胜于无形之中,最好的作战是不与敌人作战就取胜。所以在两军交战的锋刃上争胜的,不是好的将领;在失败后设置守备的,不是最聪明的人;智慧与一般人相同的,不是国君的老师;技艺与一般人相同的,不是能工巧匠。事情没有比一定要战胜敌人更重要的,功用没有比保守机密更大的,行动没有比出其不意更神的,谋略没有比不被识破更好的。先胜的人是先示弱于敌人而后作战的,所以事半而功倍。圣人验证天地的运动,熟知天时的秩序,遵循阴阳之道,按照季节变化,对日之长短、月之盈亏等现象引出了普遍的规律,万物的生死枯荣,是随着天地的变化而变化的。所以说,没有看清敌方的情况就作战,虽然人数众多也必败无疑。善于作战的人安处而不受干扰,看到能胜就打,不能胜就止。所以说没有恐惧,没有犹豫。用兵的害处,犹豫最大;军队的灾难,莫过于狐疑。善于作战的人看到形势有利不失去,遇到时机成熟不怀疑,失去有利形势错过成熟时机,反而会受到祸害。所以明智的人追随时机不放过,灵敏的人一旦决定就不犹豫,所以迅雷不及掩耳,迅电不及闭目,攻敌如惊马,用武如狂飙,阻挡他的被击破,靠近他的被灭亡,谁能抵御得了他?将领不声不响而有所持守的,是神;能看清还没有显现的形势的,是明。懂得神明之道的,野战没有能抗衡的敌人,面前没有站得住脚的敌国。”

武王说:“好极了!”

【篇意】

本篇讲述进攻作战的原则,一是要密切注意战前谋略的隐秘性,只有高度机密,才能出其不意;二是要摸清敌方情况;三是要抓住有利战机,果断出击。

奇　兵

3.10.1　武王问太公曰:“凡用兵之道,大要何如?”

太公曰:“古之善战者非能战于天上,非能战于地下,其成与败皆由神势，得之者昌，失之者亡。夫两阵之间，出甲陈兵、纵卒乱行者，所以为变也；深草蓊翳者[①]，所以逃遁也；溪谷险阻者，所以止车御骑也；隘塞山林者。所以少击众也；坳泽窈冥者[②]，所以匿其形也；清明无隐者，所以战勇力也；疾如流矢如发机者[③]，所以破精微也[④]；诡伏设奇，远张诳诱者，所以破军擒将也；四分五裂者，所以击圆破方也；因其惊骇者，所以一击十也；因其劳倦暮舍者，所以十击百也；奇伎者，所以越深水渡江河也；强弩长兵者，所以逾水战也；长关远候[⑤]，暴疾谬遁者[⑥]，所以降城服邑也；鼓行喧嚣者，所以行奇谋也；大风甚雨者，所以搏前擒后也；伪称敌使者，所以绝粮道也；谬号令，与敌同服者，所以备走北也；战必以义者，所以励众胜敌也；尊爵重赏者，所以劝用命也；严刑罚者，所以进罢怠也[⑦]；一喜一怒，一与一夺，一文一武，一徐一疾者，所以调和三军，制一臣下也；处高敞者，所以警守也；保险阻者，所以为固也；山林茂秽者[⑧]，所以默往来也；深沟高垒粮多者，所以持久也。故曰，不知战攻之策，不可以语敌；不能分移，不可以语奇；不通治乱，不可以语变。故曰，将不仁，则三军不亲；将不勇，则三军不锐；将不智，则三军大疑；将不明，则三军大倾；将不精微，则三军失其机；将不常戒，则三军失其备；将不强力，则三军失其职。故将者，人之司命[⑨]，三军与之俱治，与之俱乱。得贤将者兵强国昌，不得贤将者兵弱国亡。”

武王曰：“善哉！”

【注释】

①蓊翳：草木茂密貌。 ②坳泽：低洼的沼泽地。 窈冥：幽暗。 ③发机：拨动弩的机关。《淮南子·原道》：“其用之也若发机。”高诱注：“机，弩机关，言其疾也。” ④精微：精密细微，这里喻指敌方的谋略。 ⑤长关远候：长、远同义。关，指边境线上的关卡。候，伺望侦察敌情。 ⑥谬：通缪，假装。⑦罢：通疲。《国语》：“今吴氏既罢。”韦昭注：“罢，劳也。” ⑧秽：杂草。⑨司命：犹言主宰。《管子·国蓄》：“五谷食米，民之司命也。”

【译文】

武王问太公说：“用兵之道，其概要如何？”

太公说：“古代善于作战的人并不是能战于天上，也不是能战于地下，他们的成功与失败都由于神妙的态势，得到这种态势的就胜利，得不到这种态势的就败亡。在两阵之间陈兵列甲,纵使士兵变乱行列,是为了变化阵形;选择深草茂盛的地方,是为了便于逃遁;选择溪谷险阻的地形,是为了阻止敌人的战车抵御敌人的骑兵;选择隘塞和山林,是为了以少击众;选择低洼幽暗的地方,是为了隐蔽队形;选择地势开阔无所遮掩的地方,是为了斗勇较力;像拨动弩机射出飞箭般快捷,是为了粉碎敌人的计谋;巧妙埋伏设置奇兵,张下罗网诱敌深入,是为了击溃敌军擒获敌将;把全军分成许多支队伍多方出击,是为了攻破敌方的圆阵和方阵;围困担惊受怕的敌人,是为了以一击十;趁敌疲劳夜宿袭击,是为了以十击百;运用潜水泅渡等奇特本领,是为了越过深水渡过江河;运用强弩和长兵器,是为了越水作战;在遥远的边境上设关伺望侦察敌情,快速地假装逃跑,是为了使敌方的城邑降服;击鼓前行,故意喧嚣,是为了施行奇谋;冒着大风大雨前进,是为了搏击前头部队歼灭后续部队;伪称敌军的使者,是为了切断敌军的运粮道;假用敌人号令,穿上敌军服装,是为了准备撤退;作战一定要讲明大义,是为了激励士兵战胜敌人;给予高爵重赏,是为了勉励官兵执行命令;严于执行刑罚,是为了促进疲劳懈怠的军队振奋精神;有喜有怒,有赏有罚,有文有武,有慢有快,是为了协调全军、统一部下;占领高而宽阔的地方,是为了便于警卫;保住险阻的地形,是为了固守;选择山林杂草茂密之处,是为了隐蔽行动;深沟高垒,粮食充足,是为了打持久战。所以说,不懂作战和进攻的策略,就不能谈与敌交战;不会分兵移动,就不能谈出奇制胜;不通晓治乱,就不能谈应变。所以说,将帅不仁爱,军队就不和睦;将帅不勇敢,军队就没有锐气;将帅不机智,军队就会迟疑;将帅不英明,军队就会大败;将帅不细致,军队就会失去战机;将帅不时时警惕,军队就会失去戒备;将帅不坚强有力,军队就会丢失他的职守。所以将帅是人的主宰,军队与他一起治,一起乱。得到贤能的将帅就兵强国昌,得不到贤能的将帅就兵弱国亡。"

武王说:"好极了!"

【篇意】

本篇讲述复杂多变的用兵之道,列举了二十六种作战和进攻的策略,其中多用奇兵;归结到将帅是军队的灵魂,军队的胜败取决于将帅素质的高下。

五　音

3.11.1　武王问太公曰:"律音之声,可以知三军之消息[1]、胜负之决乎?"

太公曰:"深哉,王之问也! 夫律管十二[2],其要有五音——宫商角徵羽[3],此其正声也,万代不易。五行之神[4],道之常也,可以知敌。金木水火土,各以其胜攻之。古者三皇之世,虚无之情,以制刚强,无有文字,皆由五行。五行之道,天地自然,六甲之分[5],微妙之神。其法:以天清静,无阴云风雨,夜半遣轻骑往,至敌人之垒,去九百步外,偏持律管当耳,大呼惊之,有声应管,其来甚微。角声应管,当以白虎[6];徵声应管,当以玄武[7];商声应管,当以朱雀[8];羽声应管,当以勾陈[9];五管声尽不应者,宫也,当以青龙[10]。此五行之符,佐胜之征,成败之机。"

武王曰:"善哉!"

【注释】

①消息:消,消减;息,滋息,增长。这里指军队的盛衰。《易·丰》:"天地盈虚,与时消息。" ②律管十二:律管是古代的定音管,通常以竹管或金属管制成。古代把一个八度分为十二个半音,表示这些半音的律分别定名为黄钟、大吕、太簇、夹钟、姑洗、仲(一作中)吕、蕤宾、林钟、夷则、南吕、无射、应钟。奇数各律称律,偶数各律又称吕,合起来是六律六吕,简称律吕。十二律的音与现今钢琴键盘C调一个八度的十二个音键相当。 ③宫商角徵羽:中国古代五声音阶中的五个音级,相当于现今简谱中的1(do)、2(re)、3(mi)、5(so)、6(la)五个音。④五行:指木、火、土、金、水五种物质。战国时,流行五行相生相克之说。五行相生,即木生火,火生土,土生金,金生水,水生木;五行相克,即水胜火,火胜金,金胜木,木胜土,土胜水。阴阳五行家又把五行与五方、五色、五音、五常等比附在一起,如东方为木,色青,与宫音相联系;南方为火,色赤,与商音相联系;西方为金,色白,与角音相联系;北方为水,色黑,与徵音相联系;中央为土,色黄,与羽音相联系。使朴素的唯物论与唯心主义,形而上学交织在一起。本篇所叙以五音知三军之消息,也是一种把五音与五行、五方比附在一起的迷信的说法。 ⑤六甲:古代用天干(甲、乙、丙、丁、戊、己、庚、辛、壬、癸)与地支(子、丑、寅、卯、辰、巳、午、未、申、酉、戌、亥)依次相配,得甲子、乙丑、丙寅、丁卯……六十次循环一周,称为六十甲子。其中与甲相配的地支有六个,即甲子、甲戌,甲申、甲午、甲辰、甲寅,叫六甲。古代用六十甲子计算时日,也简称为六甲。如《汉书·食货志上》:"八岁入小学,学六甲五方书计之事。"即以六甲概指六十甲子,即天干、地支相配的计算方法。 ⑥白虎:古代天文家把太阳和月亮所经天区(称为黄道)的恒星分成二十八个星座,称为二十八宿。其中西方七宿奎、娄、胃、昴、毕、觜、参合称白虎。角音与西方相联系,所以说它当以白虎。 ⑦玄武:二十八宿中北方七宿斗、

牛、女、虚、危、室、壁合称玄武。徵声与北方相联系,所以说它当以玄武。玄武的形象是龟蛇合体。 ⑧朱雀:二十八宿中南方七宿井、鬼、柳、星、张、翼、轸合称朱雀。商声与南方相联系,所以说它当以朱雀。 ⑨勾陈:星名,共六星,在紫微垣内,最近北极,古代天文家多借以测极,谓之极星。古以为北极乃天之中,所以把勾陈与中央相比附。羽声与中央相联系,所以说它当以勾陈。 ⑩青龙:二十八宿中东方七宿角、亢、氐、房、心、尾、箕合称青龙。宫声与东方相联系,所以说它当以青龙。

【译文】

武王问太公说:"律管的声音,可以知道军队的盛衰、胜败的结果吗?"

太公说:"深奥啊,君王提的问题!律管十二,它主要有五个音——宫、商、角、徵、羽,这是它的正声,是万世不变的。五行的神妙是普遍的规律,可以用来了解敌方。金木水火土,各以其相克的关系来进攻。古时候三皇之世,用虚无之情来制服刚强,没有文字,都用五行。五行之道,是天地自然的法则,天干地支的相配,是微妙到极点的。五音配五行的方法是:在天气晴朗,没有阴云风雨时,夜半派轻骑前往,到敌人的营垒,距离九百步开外,侧拿着律管对准耳朵,大声呼叫,有声音回应律管,来得很微弱。如果律管中反应出的是角声,那就相当于西方白虎;如果律管中反应出的是徵声,那就相当于北方玄武;如果律管中反应出的是商声,那就相当于南方朱雀;如果律管中反应出的是羽声,那就相当于中央勾陈;五个律管声音都没有反应的,就是宫声,那就相当于东方青龙。这是五行的征兆,帮助胜利的迹象,成败的关键。"

武王说:"好极了!"

3.11.2 太公曰:"微妙之音,皆有外候。"

武王曰:"何以知之?"

太公曰:"敌人惊动则听之。闻枹鼓之音者,角也;见火光者,徵也;闻金铁矛戟之音者,商也;闻人啸呼之音者,羽也;寂寞无闻者,宫也。此五者,声色之符也。"

【译文】

太公说:"律管中反应出来的微妙的声音,都有外部的征候。"

武王说:"凭什么知道的?"

太公说:"敌人惊动的时候就听他们。听到鼓槌击鼓的声音,就是角声;看到火光,就是徵声;听到金铁矛戟的声音,就是商声;听到人呼啸的声音,就是羽声;寂寞无闻的,就是宫声。这五种现象和五音是相符合的。"

【篇意】

本篇讲述用五行与五音相配，以听律管的共鸣来判断敌情和选择用兵方向的方法，是战国时兵阴阳家理论的一部分。十二律和天文学方面的理论，都是当时先进的科学理论，五行说本是朴素的唯物论。但阴阳家主观随意地把五行说与几个领域里的科学扯在一起，硬加比附，就成了一种不切实际的迷信。本篇所述，大致都是没有什么根据的。

兵　征

3.12.1　武王问太公曰："吾欲未战先知敌人之强弱，豫见胜负之征，为之奈何？"

太公曰："胜负之征，精神先见，明将察之，其败在人。谨候敌人出入进退，察其动静，言语妖祥①，士卒所告。凡三军说怿②，士卒畏法，敬其将命，相喜以破敌，相陈以勇猛，相贤以威武，此强征也；三军数惊，士卒不齐，相恐以敌强，相语以不利，耳目相属③，妖言不止，众口相惑，不畏法令，不重其将，此弱征也。三军齐整，陈势已固，深沟高垒，又有大风甚雨之利，三军无故，旌旗前指，金铎之声清以扬④，鼙鼓之声宛以鸣⑤，此得神明之助⑥，大胜之征也；行陈不固，旌旗乱而相绕，逆大风甚雨之利，士卒恐惧，气绝而不属，戎马惊奔，兵车折轴，金铎之声下以浊，鼙鼓之声湿如沐，此大败之征也。凡攻城围邑，城之气色如死灰⑦，城可屠；城之气出而北，城可克；城之气出而西，城必降；城之气出而南，城不可拔；城之气出而东，城不可攻；城之气出而复入，城主逃北；城之气出而复我军之上，军必病；城之气出高而无所止，用日长久。凡攻城围邑，过旬不雷不雨，必亟去之，城必有大辅。此所以知可攻而攻，不可攻而止。"

武王曰："善哉！"

【注释】

①妖祥：妖指凶兆，祥指吉兆。《周礼·春官·视祲》："以观妖祥，辨吉凶。"　②说：通悦。　③耳目：视听，这里引申为打听消息。　④金铎：军中宣布号令时，振金铎以引起士卒注意。《周礼·天官·小宰》："徇以木铎。"注："古者将有新令，必奋木铎以警众，使明听也……文事奋木铎，武事奋金铎。"疏："铎，皆以

金为之,以木为舌则曰木铎,以金为舌则曰金铎。"这里的金,指铜。军中也用振金铎表示某种特殊的号令,如《周礼·夏官·大司马》:"群司马振铎,车徒皆作。"即以铎声表示行动的开始。　⑤鼙:军中所用小鼓,用以号令鼓手击鼓。《周礼·夏官·大司马》:"中军以鼙令鼓,鼓人皆三鼓,司马振铎,群吏作旗,车徒皆作鼓行。"　⑥神明:即神祇。《易·说卦》:"昔者圣人之作《易》也,幽赞于神明而生蓍。"　⑦城之气:"望气"是古代阴阳家一种迷信的说法。《汉书·艺文志》兵阴阳十六家中即有《别成子望军气》六篇一家。本篇列述"城之气"如何如何,可以概知"望气"之术的一斑。

【译文】

武王问太公说:"我想没作战就先知道敌人的强弱,预见胜败的迹象,应该怎么办?"

太公说:"胜败的迹象,从精神状态上先表现出来,明智的将帅能察看到,它的失败在于人。细心地观望敌人的出入进退,侦察他们的动静,言语中间的凶兆和吉兆,士兵相互说些什么。凡是军队情绪喜悦,士兵怕法纪,尊重他们将帅的命令,相互因破敌而高兴,相互陈述勇猛,相互推崇威武,这是军队强的迹象;军队经常受惊扰,士兵不一致,互相以敌人强大来恐吓,互相说些不利的话,不断地打听消息,谣言不止,七嘴八舌互相惑乱,不怕法令,不尊重他们的将领,这是军队弱的迹象。军队整齐,阵势牢固,深沟高垒,又有顺风大雨的有利条件,三军还没有行动,旌旗就前指,金铎的声音清彻高扬,鼙鼓的声音婉转响亮,这是得到神明的帮助,是大胜的迹象;行阵不稳固,旌旗乱而互相缠绕,又有逆风大雨的不利条件,士兵恐惧,士气衰竭而涣散,战马惊奔,战车断轴,金铎的声音低而混浊,鼙鼓的声音像淋到了雨一般沉闷,这是大败的迹象。凡是围攻一座城池,城上的气颜色像死灰,这城可被屠灭;城上的气出而向北,这城可被攻克;城上的气出而向西,这城必定投降;城上的气出而向南,这城就拿不下来;城上的气出而向东,这城就不可进攻;城上的气出而复入,这城的主将就将败逃;城上的气出而笼罩在我军之上,对我军必将不利;城上的气出而高升不止,围攻的时日就会很长久。凡是围攻城池,过了十天不打雷不下雨,一定要赶快撤军,城中必定有高明的辅佐。这就是知道可攻就攻,不可攻就止的道理。"

武王说:"好极了!"

【篇意】

本篇讲述从士气、军纪、军容等方面可以看出一支军队的强弱,并预见到它的胜败。后半篇所述望军气之术,则是兵阴阳家的迷信说法,是没有根据的,因而不可信。

农 器

3.13.1 武王问太公曰:“天下安定,国家无事,战攻之具可无修乎?守御之备可无设乎?”

太公曰:“战攻守御之具,尽在于人事①。耒耜者②,其行马蒺藜也③。马牛车舆者,其营垒蔽橹也④。锄耰之具⑤,其矛戟也。蓑薜簦笠者⑥,其甲胄干楯也⑦。钁锸斧锯杵臼⑧,其攻城器也。牛马,所以转输粮用也。鸡犬,其伺候也。妇人织纴,其旌旗也。丈夫平壤,其攻城也。春钹草棘⑨,其战车骑也。夏耨田畴⑩,其战步兵也。秋刈禾薪,其粮食储备也。冬实仓廪,其坚守也。田里相伍⑪,其约束符信也。里有吏,官有长,其将帅也。里有周垣,不得相过,其队分也。输粟收刍⑫,共廪库也。春秋治城郭,修沟渠,其堑垒也。故用兵之具,尽在于人事也。善为国者,取于人事,故必使遂其六畜,辟其田野,安其处所,丈夫治田有亩数,妇人织纴有尺度,是富国强兵之道也。”

武王曰:“善哉!”

【注释】

①人事:人原当作民,唐代避讳而改。民指农民,民事即农民之事。 ②耒耜:古代耕地翻土的工具,据《易·系辞下》,为神农氏所作,耒是柄,耜是铲。原始时用木制,后世耒用木,耜用铁。《礼记·月令》季冬之月:“修耒耜。”孔颖达疏:“耒者以木为之,长六尺六寸,底长尺有一寸,中央直者三尺有三寸,勾者二尺有二寸。底谓耒下向前曲,接耜者。耜金铁为之。” ③行马蒺藜:军事上的防御武器。行马是一种装有尖刀的盾牌制成的战车,又叫“木螳螂剑刃扶胥”,见4.1.2。蒺藜,木制的称木蒺藜,铁制的称铁蒺藜,是一种有尖刺的似蒺藜的障碍物。 ④蔽橹:用作扞蔽的大盾牌。《孙子·作战》:“甲胄矢弩,戟楯蔽橹。”王皙注:“蔽,可以屏;蔽橹,大楯也。”张预注:“蔽橹,楯也,今谓之彭排。”《释名·释兵》:“彭排,彭,旁也,在旁排敌御攻也。” ⑤耰:碎土平地的农具,播种后,用耰覆土保护种子。《国语·齐语》:“及耕,深耕而疾耰之,以待时雨。” ⑥蓑薜:即蓑衣。簦笠:簦是有长柄的笠,犹今之伞。《国语·吴语》:“簦笠相望于艾陵。”韦昭注:“簦笠,备雨器。” ⑦干楯:楯同盾,干盾即盾牌。 ⑧钁:

大锄。锸:锹。　⑨钹:刈草农具,两刃,有木柄。这里用为动词。　⑩耨:除草。田畴:耕熟的田地。《礼记·月令》季夏之月:“可以粪田畴。”疏引蔡邕云:“谷田曰田,麻田曰畴。”　⑪田里:田地与住宅,这里指同里。相伍:古代户籍以五家为伍,《逸周书·大聚》:“五户为伍,以首为长。”军队编制则以五人为伍,《周礼·夏官司马·序》:“五人为伍,伍皆有长。”所以作战时每户出一人,户籍编制单位就自然转为军事编制单位。　⑫刍:喂牲口的草。

【译文】

武王问太公说:“天下安定,国家没有战事,作战攻城的武器,可以不要修造吗? 防守的装备,可以不要设置吗?”

太公说:“作战攻城和防守的器械,全是从农事活动中来的。耒耜,是作战时的行马和铁蒺藜。马车牛车,是那营垒和大盾牌。锄耰,是作战的矛戟。蓑衣和伞笠,是盔甲和盾牌。大锄、铁锹、斧头、锯、杵臼,都是攻城的器材。牛马,用来转运粮食。鸡、狗,报时和警戒。妇女织布,作军中旗帜。男子平整土地,可用来攻城。春天斩草除棘,可以比作与战车骑兵战斗。夏天在田地里除草,可以比作与步兵战斗。秋天割庄稼柴草,是粮草储备。冬天粮仓装满,是为坚守城池。同里的人五户为伍,可作为战时约束军队的依据。里有吏,官有长,如同军队有将帅。里有围墙,不能相越,就像军队有分区。运输粮食,收藏草料,是战时的粮草库。春秋两季筑城墙,修沟渠,是战时的濠沟、堡垒。所以用兵的器械,全是从农事活动中来的。善于治国的人,一切取于农事活动,所以一定要使农民成功地繁殖六畜,开垦田地,安定住所,男子种田有规定的亩数,妇女织布有规定的尺度,这是富国强兵之道。”

武王说:“好极了!”

【篇意】

本篇讲述和平时期寓兵于农的富国强兵之道。

卷四　虎　韬

军　用

4.1.1　武王问太公曰："王者举兵，三军器用，攻守之具，科品众寡，岂有法乎？"

太公曰："大哉，王之问也！夫攻守之具，各有科品，此兵之大威也。"

武王曰："愿闻之。"

太公曰："凡用兵之大数，将甲士万人，法用武冲大扶胥三十六乘[①]，材士强弩矛戟为翼，一车二十四人推之，以八尺车轮[②]，车上立旗鼓，兵法谓之震骇，陷坚陈，败强敌。武翼大橹矛戟扶胥七十二具[③]，材士强弩矛戟为翼，以五尺车轮，绞车连弩自副[④]，陷坚陈，败强敌。提翼小橹扶胥一百四十具，绞车连弩自副，以鹿车轮[⑤]，陷坚陈，败强敌。大黄参连弩大扶胥三十六乘，材士强弩矛戟为翼，飞凫电影自副[⑥]，飞凫赤茎白羽[⑦]，以铜为首，电影青茎赤羽，以铁为首，昼则以绛缟，长六尺，广六寸，为光耀，夜则以白缟，长六尺，广六寸，为流星，陷坚陈，败步骑。大扶胥冲车三十六乘，螳螂武士共载[⑧]，可以纵击横，可以败敌。辎车骑寇[⑨]，一名电车，兵法谓之电击，陷坚陈，败步骑寇夜来前。矛戟扶胥轻车一百六十乘，螳螂武士三人共载，兵法谓之霆击，陷坚陈，败步骑。方首铁棓维肦[⑩]，重十二斤，柄长五尺以上，千二百枚，一名天棓；大柯斧，刃长八寸，重八斤，柄长五尺以上，千二百枚，一名天钺；方首铁锤，重八斤，柄长五尺以上，千二百枚，一名天锤：败步骑群寇。飞钩，长八寸，钩芒长四寸，柄长六尺以上，千二百枚，以投其众。

【注释】

①武冲大扶胥：扶胥，装有大盾的战车。武冲，车名。　②八尺车轮：周尺约合今市尺之68%，八尺车轮，约有1.8公尺高，确是大型的战车。　③橹：大盾。　④绞车连弩：利用绞车为动力以张弓，可连发数箭的弩。　⑤鹿车轮：鹿车是一种小车，提翼小橹扶胥的轮子如同鹿车那么大。　⑥飞凫、电影：两种旗帜名。　⑦茎：旗竿。羽：旗竿头上的装饰物。　⑧螳螂武士：手持双刀的武士。　⑨辎车骑寇：辎车即辎重车，是一种装有帷盖的大车，与后所述多有不合，疑辎字是輕（轻）字之误。骑寇，指乘骑偷劫营寨的人。辎车骑寇一名电车，可知是往来迅速，似风驰电掣般的车骑部队。　⑩棓：同棒。　朌：通颁（fén），头大貌。

【译文】

武王问太公说："成就王业的人起兵征讨，军队的装备，攻守的武器，各种类多少，难道有规定吗？"

太公说："君王提的是一个大问题！攻守的武器，各有种类，这是军队最大的威力。"

武王说："希望听一听。"

太公说："凡是用兵的大数，统领甲士一万人，按规定配备武冲大扶胥三十六辆，左右两翼有手持强弩矛戟的勇武之士，每辆车用二十四人推动，车轮高八尺，车上立旗帜战鼓，兵法上称这种战车为震骇，可攻陷坚阵，击败强敌。武翼大橹矛戟扶胥七十二部，左右两翼有手持强弩矛戟的勇武之士，车轮高五尺，附有绞车连弩，可攻陷坚阵，击败强敌。提翼小橹扶胥一百四十部，附有绞车连弩，车轮像鹿车的那么大，可攻陷坚阵，击败强敌。大黄三连弩大扶胥三十六辆，左右两翼有手持强弩矛戟的勇武之士，附有飞凫和电影两种旗帜，飞凫红竿白缨，用铜作竿头，电影青竿红缨，用铁作竿头，白天用红绢，六尺长，六寸宽，称为光耀，夜里用白绢，六尺长，六寸宽，称为流星，可攻陷坚阵，击败步兵骑兵。大扶胥冲车三十六辆，车上载有螳螂武士，可用纵列冲击敌军横列，可以击败敌人。辎车骑寇，又叫电车，兵法上称它为电击，可攻陷坚阵，击败敌军中夜间前来劫寨的步兵骑兵。矛戟扶胥轻车一百六十辆，车上载有螳螂武士三人，兵法上称它为霆击，可攻坚陷阵，击败步兵骑兵。大方头铁棒，重十二斤，柄长五尺以上，一千二百把，又叫天棒；长柄斧，刃长八寸，重八斤，柄长五尺以上，一千二百把，又叫天钺；方头铁锤，重八斤，柄长五尺以上，一千二百把，又叫天棰：可击败众多来犯的步兵骑兵。飞钩，长八寸，钩尖长四寸，柄长六尺以上，一千二百把，用来投入敌群。

4.1.2 “三军拒守：木螳螂剑刃扶胥，广二丈，百二十具，一名行马，平易地，以步兵败车骑。木蒺藜，去地二尺五寸，百二十具，败步骑，要穷寇[①]，遮走北。轴旋短冲矛戟扶胥，百二十具，黄帝所以败蚩尤氏[②]，败步骑，要穷寇，遮走北。狭路微径，张铁蒺藜，芒高四寸，广八寸，长六尺以上，千二百具，败步骑。突暝来前促战，白刃接，张地罗[③]，铺两镞蒺藜[④]、参连织女[⑤]，芒间相去二寸，万二千具。旷野草中，方胸铤矛[⑥]，千二百具，张铤矛法，高一尺五寸，败步骑，要穷寇，遮走北。狭路微径地陷，铁械锁参连[⑦]，百二十具，败步骑，要穷寇，遮走北。垒门拒守，矛戟小橹十二具，绞车连弩自副。三军拒守：天罗虎落锁连[⑧]，一部广一丈五尺，高八尺，百二十具。虎落剑刃扶胥，广一丈五尺，高八尺，五百二十具。渡沟堑，飞桥，一间广一丈五尺，长二丈以上，着转关辘轳八具[⑨]，以环利通索张之[⑩]。渡大水，飞江[⑪]，广一丈五尺，长二丈以上，八具，以环利通索张之；天浮铁螳螂[⑫]，矩内圆外，径四尺以上，环络自副，三十二具；以天浮张飞江，济大海，谓之天潢[⑬]，一名天舡[⑭]。山林野居，结虎落柴营[⑮]，环利铁锁长二丈以上，千二百枚；环利大通索大四寸，长四丈以上，六百枚；环利中通索大二寸，长四丈以上，二百枚；环利小徽缧长二丈以上[⑯]，万二千枚。天雨，盖重车上板[⑰]，结枲钽铻广四尺[⑱]，长四丈以上，车一具，以铁杙张之[⑲]。伐木：大斧，重八斤，柄长三尺以上，三百枚。棨钁[⑳]，刃广六寸，柄长五尺以上，三百枚。铜筑固为垂[㉑]，长五尺以上，三百枚。鹰爪方胸铁杷，柄长七尺以上，三百枚。方胸铁叉，柄长七尺以上，三百枚。方胸两枝铁叉，柄长七尺以上，三百枚。芟草木：大镰，柄长七尺以上，三百枚。大橹刀[㉒]，重八斤，柄长六尺，三百枚。委环铁杙，长三尺以上，三百枚。椓杙大锤，重五斤，柄长二尺以上，百二十具。甲士万人，强弩六千，戟楯二千，矛楯二千。修治攻具，砥砺兵器，巧手三百人。此举兵军用之大数也。”

武王曰：“允哉！”

【注释】

①要：拦截。　②蚩尤氏：古九黎族部落酋长。据《史记·五帝本纪》：蚩尤不服从黄帝的命令，“黄帝乃征师诸侯，与蚩尤战于涿鹿之野，遂禽杀蚩尤。”

③地罗：张在地上的网。　④两镞蒺藜：两个芒刺的蒺藜。镞，箭头。　⑤参连织女：一种多芒刺蒺藜的名字。参，通三。　⑥方胸鋋矛：齐胸高的短矛，用以斜插在地上作障碍物。方，并列。鋋，铁杆短矛。　⑦铁械锁参连：即铁锁链。　⑧天罗虎落锁连：一种用网、竹篱和锁链筑成的障碍物。天罗，张在空中的网。虎落，遮护营寨的竹篱。《汉书·晁错传》："要害之处，通川之道……为中周虎落。"颜师古注："虎落者，以竹篾相连遮落之也。"　⑨转关辘轳：装有摇转手柄、轴和定滑轮的起重装置。　⑩环利通索：连环铁索。　⑪飞江：一种浮桥。　⑫天浮铁螳螂：天浮为有较大浮力的浮游器材，铁螳螂为固定天浮的铁锚。　⑬潢：池。　⑭舡：船。　⑮柴营：柴通寨，用于防守的栅栏。柴营即营寨。　⑯徽缧：绳索。　⑰重车：载物的车。　⑱结枲钽铻：枲，麻。钽铻：栉齿状物。《尔雅·释乐》郭璞注描写敔"如伏虎，背上有二十七钽铻"，即为二十七栉齿状物。结枲钽铻当为麻编织的栉齿状纹篷布。　⑲铁杙：小铁桩。　⑳棨镢：棨通启，开山锄。　㉑铜筑固为垂：未详其状及用途。《武经七书汇解》云："亦伐木之器也。"　㉒大橹刀：橹，大桨。状似橹之刀，用以斫草。

【译文】

"军队抵御防守：木螳螂剑刃扶胥，宽二丈，一百二十部，又叫行马，平坦的地面上，可用步兵击败敌人的战车、骑兵。木蒺藜，离地二尺五寸，一百二十架，可击败步兵骑兵，拦截困厄的敌人，阻击逃亡的敌人。轴旋短冲矛戟扶胥，一百二十部，是当初黄帝打败蚩尤氏用的，可击败步兵骑兵，拦载困厄的敌人，阻击逃亡的敌人。狭路小径，铺设铁蒺藜，芒刺高四寸，宽八寸，长六尺以上，一千二百架，可击败步兵骑兵。昏暗时突然前来挑战，锋刃相接，张开地网，铺两镞蒺藜、三连织女，芒刺之间相隔二寸，一万二千架。在空旷的原野草丛之中，斜插齐胸短矛，一千二百把，插短矛的方法，高出地面一尺五寸，可击败步兵骑兵，拦截困厄的敌人，阻击逃亡的敌人。狭路小径地面又低洼的，用铁锁链，一百二十条，可击败步兵骑兵，拦截困厄的敌人，阻击逃亡的敌人。营门抵御防守，用矛戟小盾十二副，附有绞车连弩。军队抵御防守：天网虎落锁连，一部宽一丈五尺，高八尺，一百二十部。虎落剑刃扶胥，宽一丈五尺，高八尺，五百二十部。渡濠沟和护城河，用飞桥，一架宽一丈五尺，长二丈以上，装转关辘轳八副，用连环铁索张设。渡大河，用飞江，宽一丈五尺，长二丈以上，八套，用连环铁索张设；天浮铁螳螂，外圆内方，直径四尺以上，附有铁环绳索，三十二套；用天浮张设飞江，渡大水，称之为天池，又叫天船。在山林荒野驻扎，结虎落营寨，连环铁索长二丈以上，一千二百条；连环大铁索粗四寸，长四丈以上，六百条；连环中铁索粗二寸，长四丈以上，二百条；带环的绳索长二丈以上,一万二千条。天下雨,盖辎重车顶上的板,用麻织的栉齿状篷布,宽四尺,长四丈以上,每车一条,用小铁桩张设。斫伐树木:大斧,重八斤,柄长三尺以上,三百把。开山锄,锋刃宽六寸,柄长五尺以上,三百把。铜筑固为垂,长五尺以上,三百把。鹰爪齐胸铁杷,柄长七尺以上,三百把。齐胸铁叉,柄长七尺以上,三百把。齐胸两枝铁叉,柄长七尺以上,三百把。除草木:大镰,柄长七尺以上,三百把。大橹刀,重八斤,柄长六尺,三百把。带环的铁桩,长三尺以上,三百只。捶击铁桩的大锤,重五斤,柄长二尺以上,一百二十把。甲士一万人,强弩六千架,戟盾二千副,矛盾二千副。修理攻城器具,磨快兵器,能工巧匠三百人。这是起兵军用所需的大概数目。"

武王说:"得当极了!"

【篇意】

本篇讲述起兵征讨时军队应有的武器器材装备,一一介绍其规格和性能,包括进攻、防守、安营扎寨等各个方面。

三　陈

4.2.1　武王问太公曰:"凡用兵为天陈、地陈、人陈,奈何?"

太公曰:日月星辰斗杓①,一左一右,一向一背,此谓天陈。丘陵水泉,亦有前后左右之利,此谓地陈。用车用马,用文用武,此谓人陈。"

武王曰:"善哉!"

【注释】

①斗杓:斗与杓(biāo 标),即北斗七星。七星中的天枢、天璇、天玑、天权四星组成斗形,又称魁;玉衡、开阳、摇光三星组成斗柄,又称杓。

【译文】

武王问太公说:"凡是用兵有天阵、地阵、人阵,是怎样一回事?"

太公说:"根据日月星辰斗杓的位置,有时在左有时在右,有时向着它们有时背着它们,这就叫天阵。山陵水泉,也有前后左右之利,这就叫地阵。用车还是用马,用文还是用武,这就叫人阵。"

武王说:"好极了!"

【篇意】

本篇讲述要根据天象、地形和人力配置来布阵。

疾 战

4.3.1 武王问太公曰："敌人围我，断我前后，绝我粮道，为之奈何？"

太公曰："此天下之困兵也，暴用之则胜①，徐用之则败②。如此者，为四武冲陈③，以武车骁骑惊乱其军而疾击之，可以横行。"

【注释】

①暴用之："暴"与下句"徐"对，训急速。指急速突围。 ②徐用之：指拖延时日。 ③四武冲陈：四面都配置武冲大扶胥的阵形，可以针对敌军薄弱环节，向任何一方突围。

【译文】

武王问太公说："敌人包围我军，切断我军前后交通，断绝我军粮草供应线，应该怎么办？"

太公说："这是天下最危困的军队，急速突围就胜利，拖延时日就失败。像这种情况，要摆出四武冲阵，用冲击力强的战车和骁勇善战的骑兵惊乱敌军而快速突击，就可以横行无阻了。"

4.3.2 武王曰："若已出围地，欲因以为胜，为之奈何？"

太公曰："左军疾左，右军疾右，无与敌人争道。中军迭前迭后①，敌人虽众，其将可走。"

【注释】

①迭：轮流，更替。

【译文】

武王说："如果已经出了重围，想乘势取胜，应该怎么办？"

太公说："左军迅速向左扩大战果，右军迅速向右扩大战果，不要与敌人争道。中军轮番向前后攻击，敌人虽然人多，它的主将也要败走。"

【篇意】

本篇讲述快速突围和突围以后继续取胜的作战方法。

必 出

4.4.1 武王问太公曰："引兵深入诸侯之地，敌人四合而围我，断我归道，绝我粮食；敌人既众，粮食甚多，险阻又固。我欲必出，为之奈何？”

太公曰：“必出之道，器械为宝，勇斗为首。审知敌人空虚之地，无人之处，可以必出。将士人持玄旗，操器械，设衔枚①，夜出。勇力、飞足、冒将之士居前②，平垒为军开道；材士强弩为伏兵居后；弱卒车骑居中。陈毕徐行，慎无惊骇。以武冲扶胥前后拒守，武翼大橹以备左右③。敌人若惊，勇力、冒将之士疾击而前，弱卒车骑以属其后，材士强弩隐伏而处。审候敌人追我，伏兵疾击其后，多其火鼓，若从地出，若从天下。三军勇斗，莫我能御。”

【注释】

①衔枚：枚状如筷子，有带系于项上，军队秘密行动时，常令士兵将枚横衔在口中，以免相互讲话，可以保证肃静。《周礼·夏官·大司马》：“徒衔枚而进。”郑玄注：“枚如箸，衔之，有繣结项中。军法止语，为相疑惑也。” ②冒将之士：冒，冲犯。《汉书·霍去病传》：“直冒汉围。”将，强壮。《诗·商颂·长发》：“有娀方将。”孔颖达疏：“谓有娀之国方始壮大。”故冒将之士，即冲锋突击的壮士。③武翼大橹：即4.1.1之“武翼大橹矛戟扶胥”，是一种五尺车轮的中型战车，附有绞车连弩，有较强战斗力。

【译文】

武王问太公说：“带兵深入到诸侯国国境之内，敌人四面会合包围我军，切断我军的归路，断绝我军的粮食；敌人既多，粮食很充足，险阻又牢固。我军要一定冲出围困，对此该怎么办？”

太公说：“一定冲出的办法，兵器器材是个宝，奋勇战斗第一条。查知敌人兵力空虚的地方，无人防守的处所，可以一定冲出。将士每人手拿黑旗，操持器械，口中衔枚，乘夜而出。勇猛有力、行走疾速、冲锋突击的壮士在前面，扫平营垒为军队开路；勇武之士配备强弩作为伏兵在后面；较弱的士卒和车骑在中间。布阵完毕徐徐行走，要谨慎小心，不要惊吓了敌人。用武冲大扶胥在前后抵御守卫，武翼大橹矛戟扶胥在左右掩护。敌人如果惊觉，勇猛有力、冲锋突击的壮士快速向前冲击，较弱的士卒和车骑紧跟在后，勇武之士配备强弩隐藏埋伏起来。侦察到敌人来追我时，伏兵快速地攻击它的后尾，多举火把，多击战鼓，好像从地而出，自天而降。全军奋勇战斗，没有人能阻挡我军。”

4.4.2　武王曰：“前有大水，广堑，深坑，我欲逾渡，无舟楫之备;敌人屯垒,限我军前,塞我归道,斥候常戒[1],险塞尽中,车骑要我前,勇士击我后,为之奈何?"

太公曰:"大水,广堑,深坑,敌人所不守,或能守之,其卒必寡。若此者,以飞江、转关与天潢以济吾军,勇力材士从我所指,冲敌绝陈,皆致其死。先燔吾辎重,烧吾粮食。明告吏士,勇斗则生,不勇则死。已出者,令我踵军设云火远候[2],必依草木、丘墓、险阻,敌人车骑必不敢远追长驱。因以火为记,先出者令至火而止,为四武冲陈。如此,则吾三军精锐勇斗,莫我能止。"

武王曰:"善哉!"

【注释】

①斥候:放哨伺望侦察的人。　②踵军:谓接连而至的部队。《汉书·霍去病传》:"上令大将军青、票骑将军去病各五万骑步兵,转者踵军数十万。"颜师古注:"转者,谓运辎重也。踵,接也。"云火:烟火。

【译文】

武王说:"前面有大河,阔沟,深坑,我军想渡过,没有准备好船只;敌人屯兵筑垒,阻止我军前进,堵塞我军归路,伺望侦察的人经常放哨,险要地形尽在他们掌握之中,车骑在我前方拦截,勇士在我后面攻击,应该怎么办?"

太公说:"大河,阔沟,深坑,敌人是不设防的,或者能设防,兵力也很少。像这种情况,用飞江、转关辘轳与天池来渡过我军,勇猛有力的武士听从我的指挥,冲锋陷阵,拼命死战。先焚烧我军辎重,烧掉我军粮食,明确告诉官兵,勇斗就有生路,不勇就只能死亡。已经冲出去的,命令我方接连而至的军队点起烟火在远处等候,一定要凭借草木、坟墓、险阻的地形,敌人的战车和骑兵必定不敢长驱直入地追赶。接着以烟火为信号,命令先冲出去的到烟火处集合,编成四武冲阵。这样,我全军都精锐勇斗,就没有谁能阻止我们。"

武王说:"好极了!"

【篇意】

本篇讲述夜间突围和渡过江河坑沟再集结布阵的作战方法。

军　略

4.5.1　武王问太公曰:"引兵深入诸侯之地,遇深溪、大谷、险阻之水,吾三军未得毕济,而天暴雨,流水大至,后不得属于前,无有舟梁之备,又无水草之资,吾欲毕济,使三军不稽留,为之奈何?"

太公曰:"凡帅师将众,虑不先设,器械不备;教不素信,士卒不习。若此,不可以为王者之兵也。凡三军有大事,莫不习用器械:攻城围邑,则有轒辒、临冲[①];视城中,则有云梯、飞楼[②];三军行止,则有武冲、大橹前后拒守[③];绝道遮街,财有材士、强弩卫其两旁[④];设营垒,则有天罗、武落、行马、蒺藜[⑤];昼则登云梯远望,立五色旗旌;夜则设云火万炬,击雷鼓[⑥],振鼙铎,吹鸣笳[⑦];越沟堑,则有飞桥、转关辘轳、鉏铻[⑧];济大水,则有天潢、飞江;逆波上流,则有浮海、绝江[⑨]。三军用备,主将何忧?"

【注释】

①轒辒:一种四轮的攻城车。《孙子·谋攻》:"攻城之法,为不得已。修橹、轒辒,具器械三月而后成。"曹操注:"轒辒者,轒床也。轒床其下四轮,从中推之至城下也。"李筌注:"轒辒者,四轮车也,其下藏兵数十人,填隍,推之直就其城,木石所不能坏也。"杜牧注:"轒辒,四轮车,排大木为之,上蒙以生牛皮,下可容十人,往来运土填堑,木石所不能伤。" 临冲:临车和冲车,用以攻城。《诗·大雅·皇矣》:"与尔临冲,以伐崇墉。"毛传:"临,临车也,在上临下者也。冲,冲车也,从旁冲突者也。" ②云梯:古攻城之具。以大木为床,下施六轮,上立二梯,各长二丈余,中施转轴,车四面以生牛皮为屏蔽,内以人推进,及城,则起飞梯于云梯之上,以窥城中。《墨子·公输》:"公输般为楚造云梯之械,成,将以攻宋。" 飞楼:也是古攻城之具。上注①引《孙子·谋攻》"具器械",曹操注:"器械者,机关攻守之总名,飞楼、云梯之属。"《南史·宋武帝纪》:"张纲修攻具成,设飞楼悬梯,木幔板屋,冠以牛皮,弓矢无所用之。" ③武冲、大橹:即4.1.1之武冲大扶胥及武翼大橹矛戟扶胥。 ④卫:原作冲,冲、卫之繁体字衝、衛形近而误,今从《武经七书汇解》改。 ⑤武落:即虎落,唐因高祖李渊之祖名虎,故讳虎为武。见4.1.2注⑧。 ⑥雷鼓:古代用以祀天神的八面鼓。《周礼·地官·鼓人》:"以雷鼓鼓神祀。"郑玄注:"雷鼓,八面鼓也。神祀,祀天神也。"军中用雷鼓,或为战前祀天,或用途已有改变。 ⑦鸣笳:即笳,古代一种竹制的管乐器。此用于军中,当也与鼓、铎等一样作为一种信号。 ⑧鉏铻:未详为何物。鉏铻之始义为格格不入,或为架设飞桥用的齿轮装置。 ⑨浮海、绝江:皆为浮水用具,类似于今日之救生圈。

【译文】

武王问太公说:"带兵深入诸侯国境内,遇到深溪、大谷、险阻的河流,我军还没有全部渡过，而天下暴雨，水流猛涨，后面的部队与前面不能相接，没有准备船只桥梁，又没有饮水、粮草的供应，我想要全部渡过去，使军队不滞留，对此该怎么办？”

太公说：“凡是统率军队带领士兵，不事先考虑好，器械就没有准备；平素不训练好，士兵操作就不熟练。像这样，是不能成为王者之师的。凡军队有重大的行动，无不熟练地运用器械：攻城围邑，就有轒辒、临车和冲车；观望城中，就有云梯、飞楼；军队进止，就有武冲大扶胥和武翼大橹矛戟扶胥前后抵御防卫；断绝交通遮阻街道，就有武士操持强弩控制两旁；设置营垒，就有天罗、虎落、行马、蒺藜；白天就登上云梯远望，建立五色旌旗；夜晚就设置烟火、万把火炬，敲起雷鼓，击响鼙、铎，吹起鸣笳；越过濠沟，就有飞桥、转关辘轳、钽铻；渡过大河，就有天池、飞江；逆流向上游，就有浮海、绝江。军队的器用都具备了，主将还有什么忧虑呢？”

【篇意】

本篇讲述作战前要考虑到各种可能发生的情况，并且配备好各种针对性的器材，训练士兵运用好这些器材。

临　境

4.6.1　武王问太公曰：“吾与敌人临境相拒，彼可以来，我可以往，陈皆坚固，莫敢先举。我欲往而袭之，彼亦可来，为之奈何？”

太公曰：“兵分三处，令军前军①，深沟增垒而无出，列旌旗，击鼙鼓，完为守备。令我后军多积粮食。无使敌人知我意，发我锐士潜袭其中，击其不意，攻其无备。敌人不知我情，则止不来矣。”

【注释】

①前一个“军”：驻扎。《左传·桓公六年》：“军于瑕以待之。”

【译文】

武王问太公说：“我军与敌人面临国境线互相对峙，他可以来攻我，我可以去攻他，阵地都很牢固，谁也不敢先下手。我想要前去袭击他，他也可能来，对此该怎么办？”

太公说：“把兵力分成三部分，令前军原地驻扎，深挖壕沟加高壁垒而不要出战，列旌旗，击鼙鼓，完善地作好防守准备。令后军多积粮食。不要让敌人知道我方意图，派出我精锐的士兵偷袭敌人营中，出其不意，攻其不备，敌人不了解我军情况，就止足不来进攻了。”

4.6.2 武王曰:“敌人知我之情,通我之谋,动而得我事,其锐士伏于深草,要隘路,击我便处[1],为之奈何?”

太公曰:“令我前军日出挑战,以劳其意;令我老弱拽柴扬尘,鼓呼而往来,或出其左,或出其右,去敌无过百步[2],其将必劳,其卒必骇。如此,则敌人不敢来。吾往者不止,或袭其内,或击其外,三军疾战,敌人必败。”

【注释】

①便处:便,简单。指防守薄弱之处。 ②步:长度单位,周代以八尺为步。

【译文】

武王说:“敌人了解我军情况,明白我军计谋,一动就知道我要做什么事,它的精锐士兵埋伏在深草中,阻截狭隘的要道,攻击我方防守薄弱之处,应该怎么办?”

太公说:“命令我前军每日出去挑战,来烦扰敌方的心意;命令我方老弱士兵拖着树枝扬起灰尘,击鼓呐喊来来往往,或出现在敌人左边,或出现在敌人右边,离开敌人不超过百步,它的将帅必定心烦,它的士兵必定恐慌。这样,敌人就不敢前来。我方不断地前去骚扰,或者偷袭他的内部,或者攻击他的外部,全军迅猛作战,敌人必定失败。”

【篇意】

本篇讲述两军对峙时,如何部署战阵,及出奇兵袭敌、用疑兵扰敌的方法。

动 静

4.7.1 武王问太公曰:“引兵深入诸侯之地,与敌之军相当,两军相望,众寡强弱相等,未敢先举。吾欲令敌人将帅恐惧,士卒心伤,行陈不固,后陈欲走,前陈数顾,鼓噪而乘之,敌人遂走,为之奈何?”

太公曰:“如此者,发我兵去寇十里而伏其两旁,车骑百里而越其前后,多其旌旗,益其金鼓。战合,鼓噪而俱起。敌将必恐,其军惊骇,众寡不相救,贵贱不相待[1],敌人必败。”

【注释】

①贵贱:贵指将官,贱指士兵。

【译文】

武王问太公说:“带兵深入诸侯国境,与敌军势力相当,两军相望,人数多少力量强弱相等，谁都不敢先动手。我想让敌人将帅恐惧，士兵悲观，阵势不牢固，在后阵的想逃跑，在前阵的屡屡回头，这时我军击鼓呼喊乘势攻击，从而使敌人逃跑，应该怎么办？”

太公说：“像这种情况，派出我军距离敌人十里埋伏在两旁，另派车骑绕道百里越过敌人到他后方，多设战旗，增加金鼓。战斗一打响，就擂鼓呼喊着一同起来。敌将必定恐惧，敌军惊骇，大小部队互不相救，官兵谁也顾不了谁，敌人必败。”

4.7.2 武王曰：“敌之地势，不可以伏其两旁，车骑又无以越其前后，敌知我虑，先施其备。我士卒心伤，将帅恐惧，战则不胜，为之奈何？”

太公曰：“微哉，王之问也！如此者，先战五日，发我远候往视其动静，审候其来，设伏而待之，必于死地①。与敌相避，远我旌旗，疏我行陈，必奔其前。与敌相当，战合而走，击金而止。三里而还，伏兵乃起，或陷其两旁，或击其前后。三军疾战，敌人必走。”

武王曰：“善哉！”

【注释】

①死地：《孙子·九地》：“疾战则存，不疾战则亡者为死地。”“投之亡地然后存，陷之死地然后生。”李筌注：“兵居死地，必决命而斗以求生。”梅尧臣注：“地虽曰亡，力战不亡；地虽曰死，死战不死。故曰亡者存之基，死者生之本。”

【译文】

武王说：“敌方的地势，不允许我们埋伏在他两旁，车骑又无法越过敌人到他后方，敌人知道我的谋虑，先作好了准备。我军士兵悲观，将帅恐惧，交战又不能取胜，该怎么办？”

太公说：“微妙啊，君王的问题！像这种情况，在战前五日，就派我军远出侦察的人员前往敌方阵地细观他们的动静，察知敌人要来，就设下伏兵等待他们，一定要选择死战才能生存的险要地形。我正面部队要避免与敌军交锋，只远远地举起旌旗，故意使阵形显得很松散，一定要奔跑在敌人的前面。与敌人接触以后，一交锋就撤退，鸣金收兵。后退三里再回军，伏兵才一跃而起，有的攻陷敌军的两翼，有的打击敌军的首尾。全军奋战，敌人必定败逃。”

武王说：“好极了！”

【篇意】

本篇讲述深入敌境，与敌势均力敌之时，如何用迂回到敌人后方以及设置伏兵、佯攻诱敌深入等作战方法取得胜利。

金　鼓

4.8.1　武王问太公曰："引兵深入诸侯之地，与敌相当。而天大寒甚暑，日夜霖雨，旬日不止，沟垒悉坏，隘塞不守，斥候懈怠，士卒不戒，敌人夜来，三军无备，上下惑乱，为之奈何？"

太公曰："凡三军以戒为固，以怠为败。令我垒上，谁何不绝①，人执旌旗，外内相望，以相号命。勿令乏音②，而皆外向。三千人为一屯③，诫而约之，各慎其处。敌人若来，视我军之警戒④，至而必还，力尽气怠。发我锐士，随而击之。"

【注释】

①谁何：指相问："谁？""何？"乃稽察诘问之意。贾谊《过秦论》："良将劲弩守要害之处，信臣精卒陈利兵而谁何。"　②勿令乏音：音指金鼓之音。本句始点题。③屯：屯戍在外的军队组织的名称。《管子·轻重乙》："请以令发师置屯籍农。"尹知章注："屯，戍也。"　④视：原作親，形近而误。据《武经七书汇解》改。

【译文】

武王问太公说："带兵深入诸侯国境，与敌人对峙。而天气或大寒或酷热，或日夜下雨，十多天不止，濠沟壁垒全都坍塌，险隘关塞不能防守，侦察人员松懈怠惰，士兵丧失警惕，敌人夜间来偷袭，军队全无戒备，上下疑惑混乱，对此该怎么办？"

太公说："凡军队只有戒备才能巩固，松懈就要失败。我军壁垒上，让查问之声不绝，人人手持旌旗，从外到内岗哨相望，相互传送号令。不让金鼓之声停止，使声音传向外面。三千个士兵为一屯，告诫约束他们，各自谨慎守卫自己的位置。敌人如果来犯，看到我军的警备情况，到了也必然退回，他们力尽气衰，我军派出精锐士众，随后打击他们。"

4.8.2　武王曰："敌人知我随之，而伏其锐士，佯北不止，过伏而还，或击我前，或击我后，或薄我垒。吾三军大恐，扰乱失次，离其处所，为之奈何？"

太公曰："分为三队。随而追之，勿越其伏。三队俱至，或击其前后，或陷其两旁，明号审令，疾击而前，敌人必败。"

【译文】

武王说："敌人知道我军要追击他，埋伏下精锐的士兵，不断地假意败走，过了埋伏的地点而回军，有的攻击我前面，有的攻击我后面，有的逼近我营垒。我军大为惊恐，纷乱之中丧失了次序，离开了自己的位置，对此该怎么办？"

太公说："把全军分为三队。在追击的时候，不要越过敌方的伏兵区。三队人马都到，有的打击他们的首尾，有的攻陷他们的两翼，严明号令，向前猛击，敌人必败。"

【篇意】

本篇讲述军队"以戒为固，以怠为败"的道理，及防御反击和追击时防止敌人伏击的方法。

绝　道

4.9.1　武王问太公曰："引兵深入诸侯之地，与敌相守。敌人绝我粮道，又越我前后，吾欲战则不可胜，欲守则不可久，为之奈何？"

太公曰："凡深入敌人之地，必察地之形势，务求便利，依山林险阻、水泉林木而为之固，谨守关梁①，又知城邑、丘墓地形之利。如是，则我军坚固，敌人不能绝我粮道，又不能越我前后。"

【注释】

①关梁：关，关隘；梁，桥梁；指水陆要会之处。《礼记·月令》孟冬之月："固封疆，备边境，完要塞，谨关梁。"郑玄注："梁，桥横也。"

【译文】

武王问太公说："带兵深入诸侯国境，与敌军相持，各自守备。敌人切断我粮食输送线，又绕过我军到后方，我方想要交战又不能取胜，想要固守又不能持久，对此应该怎么办？"

太公说："凡深入敌人腹地，一定要察看地理形势，务求方便有利，依靠山林险阻、水泉林木而使阵地巩固，严守关口桥梁，又了解城邑、丘墓地形之利。这样，我军就坚固，敌人不能切断我方粮食运输线，也不能抄我后路了。"

4.9.2　武王曰："吾三军过大陵、广泽、平易之地，吾盟误失①，卒与敌人相薄。以战则不胜，以守则不固，敌人翼我两旁，越我前后，三军大恐，为之奈何？"

太公曰："凡帅师之法，当先发远候，去敌二百里，审知敌人所在。地势不利，则以武冲为垒而前[2]，又置两踵军于后[3]，远者百里，近者五十里。即有警急，前后相救，吾三军常完坚，必无毁伤。"

武王曰："善哉！"

【注释】

①盟：指同盟军。 ②武冲：冲原作卫，因繁体字形近而讹，据《武经七书汇解》改。指武冲大扶胥。 ③踵军：指后续部队。

【译文】

武王说："我军通过大山、广阔的沼泽地带、平坦的区域，我们同盟军误期失约，突然与敌人迫近。以我军去交战则不能取胜，守卫又不能巩固，敌人包围我军两侧，包抄到我军后方，全军大为惊恐，对此该怎么办？"

太公说："凡率领军队的办法，应当先派遣远出侦察的人员，在离敌二百里处，弄明白敌人所在的位置。地势不利的时候，就用武冲大扶胥当作堡垒向前推进，又安置两支后续部队在后面，远的相距一百里，近的相距五十里。即使有紧急情况，也可以前后相救，使我军常保持完整坚固，一定没有什么损伤。"

武王说："好极了！"

【篇意】

本篇讲述军队深入敌人腹地扎营筑垒，要善于利用有利地形，防止敌人包抄；在地势不利的情况下，要分军为三，形成犄角之势，以便互相救援。

略　　地

4.10.1　武王问太公曰："战胜深入，略其地，有大城不可下。其别军守险与我相拒，我欲攻城围邑，恐其别军卒至而击我，中外相合，击我表里，三军大乱，上下恐骇，为之奈何？"

太公曰："凡攻城围邑，车骑必远，屯卫警戒，阻其外内。中人绝粮，外不得输，城人恐怖，其将必降。"

【译文】

武王问太公说："战胜以后深入敌境，占领敌国土地，有一座大城拿不下来。他们的另一支军队据险与我对抗，我想要攻城围邑，又怕他们的另一支军队突然来到攻击我们，里应外合，使我腹背受敌，全军大乱，上下惊骇，对此该怎么办？"

太公说："凡是攻城围邑，一定要把战车和骑兵安排在离城较远处，守卫警戒，阻断城外与城内的联系。城中的人断了粮食，外面运不进去，居民恐惧，他们的主将必然投降。"

4.10.2　武王曰："中人绝粮，外不得输，阴为约誓，相与密谋，夜出穷寇死战，其车骑锐士，或冲我内，或击我外，士卒迷惑，三军败乱，为之奈何？"

太公曰："如此者，当分军为三军，谨视地形而处。审知敌人别军所在，及其大城别堡，为之置遗缺之道，以利其心，谨备勿失。敌人恐惧，不入山林，即归大邑，走其别军。车骑远要其前，勿令遗脱。中人以为先出者得其径道，其练卒材士必出，其老弱独在。车骑深入长驱，敌人之军必莫敢至。慎勿与战，绝其粮道，围而守之，必久其日。无燔人积聚，无坏人宫室，冢树社丛勿伐①，降者勿杀，得而勿戮，示之以仁义，施之以厚德，令其士民曰：'罪在一人②。'如此，则天下和服。"

武王曰："善哉！"

【注释】

①冢树社丛：冢，坟墓；社，土地庙。树、丛同义对举。古代有在坟墓旁种树的习俗，又立社也种树以为标志。　②一人：古代帝王的自称或被称，这里是被称。《书·吕刑》："一人有庆，兆民赖之。"孔安国传："天子有善，则兆民赖之。"可见这里征伐的假想对象，乃是商纣王。

【译文】

武王说："城中的人断了粮食，外面运不进去，敌人暗中结约盟誓，相互密谋，夜间出城作困兽之斗，拼死一战，他们的战车骑兵精锐士兵，有的冲入我军内，有的攻击我外围，我士兵迷惑，军队败乱，对此该怎么办？"

太公说："像这种情况，应该把全军分成三支部队，仔细观察地形以后驻扎下来。弄明白敌人另一支军队所在地，以及其他大城堡的位置，故意给敌人安排一条不加防守的道路，以符合敌人的想法，严密防备不使有失。敌人恐惧，不是窜入山林，就是投奔其他大城堡，逃往另一支军队所在地。我方战车骑兵在远处阻断他们前进，不让他们跑掉。城中的人以为先出去的人得到冲出去的路，于是精练勇武的士卒也一定会冲出城，只有那老弱残兵留在城内。这时我方战车骑兵长驱直入，敌人的军队一定不敢再出来。我方慎重不与他们交战，断绝他们的粮食运输线，把他们围困起来，日子一定要长久。得城之日，不要焚烧百姓积聚的财物，不要毁坏百姓的房屋，坟墓和土地庙的树木不要砍伐，投降的不杀，被俘的不羞辱，向他们表示仁义，施以恩德，向军民宣告：'罪在昏君一人。'这样，天下就心悦诚服了。"

武王说："好极了！"

【篇意】

本篇讲述围攻大城的时候阻止敌人援军和有效对付突围的方法，并着重讲了攻克敌城后的一系列政策。

火　　战

4.11.1　武王问太公曰："引兵深入诸侯之地，遇深草蓊秽周吾军前后左右[①]，三军行数百里，人马疲倦休止。敌人因天燥疾风之利，燔吾上风，车骑锐士坚伏吾后，吾三军恐怖，散乱而走，为之奈何？"

太公曰："若此者，则以云梯、飞楼远望左右，谨察前后。见火起，即燔吾前而广延之，又燔吾后。敌人若至，则引军而却，按黑地而坚处[②]。敌人之来，犹在吾后，见火起，必还走。吾按黑地而处，强弩材士卫吾左右，又燔吾前后。若此，则敌不能害我。"

【注释】

①蓊秽：杂草茂盛貌。　②黑地：指燃烧过的土地。

【译文】

武王问太公说："带兵深入诸侯国境，遇到茂密的草丛环绕着我军前后左右，军队走了几百里路，人马疲倦休息不前。敌人乘着天气干燥风速又大的有利条件，在我军上风放火，战车骑兵精锐士卒又坚定地埋伏在我军后面，我三军恐怖，散乱逃跑，对此该怎么办？"

太公说："像这种情况，就要用云梯、飞楼向左右远望，朝前后仔细观察。看到火起，立即在我前方点火，并让它广泛蔓延，然后又在我后面点火。敌人如果来到，我军就领兵退却，在燃烧过的土地上坚守。敌人的来到，仍在我军后面，看到火起，必然回军。我军在燃烧过的土地上布阵，用强弩和勇武之士护卫左右，又焚烧前后深草。这样，敌人就不能为害我军。"

4.11.2　武王曰："敌人燔吾左右，又燔吾前后，烟覆吾军。其大兵按黑地而起，为之奈何？”

太公曰：“若此者，为四武冲阵，强弩翼吾左右，其法无胜亦无负。”

【译文】

武王说：“敌人焚烧我军左右，又焚烧我军前后，烟雾笼罩我军。敌人的大军从燃烧过的土地上向我进攻，对此该怎么办？”

太公说：“像这种情况，要布下四武冲阵，用强弩掩护我军两侧，这个办法即使不能取胜也不能失败。”

【篇意】

本篇讲述在深草地带宿营时，防御敌人火攻的办法。

垒　虚

4.12.1　武王问太公曰：“何以知敌垒之虚实、自来自去？”

太公曰：“将必上知天道，下知地理，中知人事。登高下望，以观敌之变动。望其垒，即知其虚实。望其士卒，则知其去来。”

武王曰：“何以知之？”

太公曰：“听其鼓无音，铎无声，望其垒上多飞鸟而不惊，上无氛气①，必知敌诈而为偶人也②。敌人卒去不远，未定而复返者，彼用其士卒太疾也。太疾则前后不相次，不相次则行陈必乱。如此者，急出兵击之，以少击众，则必胜矣。”

【注释】

①氛气：这里指人烟、尘俗之气。　②偶人：假人，如土偶、木偶、稻草扎的人形，都叫偶人。

【译文】

武王问太公说：“怎样才能知道敌人营垒的虚实、兵员的来去调动情况？”

太公说：“将帅一定要上知天道，下知地理，中知人事。登高下望，来观察敌人的变动。望他们的营垒，就能知道敌人的虚实。观察他们的士卒，就能知道敌人的来去调动情况。”

武王说：“怎样才能知道？”

太公说：“听他们的鼓没有声音，铎没有动静，望他们的营垒上多飞鸟却不受惊吓，上空也没有人烟尘俗之气，那就可以断定敌人用诈设置了假人。敌人仓促离去不远，没有安定下来却重新返回的，是他们调动士兵太快了。太快就会前后失去次序，失去次序行阵就一定会乱。像这样，急速出兵袭击，以少击众，就必定会取得胜利。”

【篇意】

本篇讲述根据观察，判断敌人营垒虚实和兵员来去情况。

卷五　豹　　韬

林　　战

5.1.1　武王问太公曰："引兵深入诸侯之地，遇大林，与敌分林相拒。吾欲以守则固，以战则胜，为之奈何？"

太公曰："使吾三军分为冲陈[①]，便兵所处，弓弩为表，戟楯为里。斩除草木，极广吾道，以便战所。高置旌旗，谨敕三军[②]，无使敌人知吾之情，是谓林战。林战之法，率吾矛戟，相与为伍，林间木疏，以骑为辅，战车居前，见便则战，不见便则止。林多险阻，必置冲陈，以备前后。三军疾战，敌人虽众，其将可走。更战更息，各按其部，是谓林战之纪[③]。"

【注释】

①冲陈：即四武冲阵，见4.3.1注③。　②敕：整饬。敕，俗又作勅。《易·噬嗑》："先王以明罚勅法。"《释文》："此俗字也，《字林》作敕。郑（玄）云：勅，犹理也。一云整也。"　③纪：法度，准则。《吕氏春秋·孟春纪》："无变天之道，无绝地之理，无乱人之纪。"

【译文】

武王问太公说："带兵深入诸侯国境，遇到大森林，与敌军分别占据森林相对抗。我军要守卫就能巩固，交战就能取胜，应该怎么办？"

太公说："使我全军分别布置四武冲阵，在便于作战的地方，弓弩配置在外面，戟楯配置在里面。斩除草木，尽量拓宽道路，以便于战斗进行。高挂旌旗，严格整顿军队，不要使敌人知道我军的情况，这就叫林战。林战的方法，率领我方持矛持戟的士兵，混合编为小分队，在林间树木稀疏之处用骑兵作为辅佐，战车安排在前面，见情况有利就打，见情况不利就不打。树林中多险阻，一定要布置四武冲阵，用来前后防备。三军迅猛作战，敌人即使众多，他们的主将也可能败逃。轮流作战轮流休息，各按分队行动，这就是林战的规则。”

【篇意】

本篇讲述林中作战的方法。

突　战

5.2.1　武王问太公曰：“敌人深入长驱，侵掠我地，驱我牛马，其三军大至，薄我城下。吾士卒大恐，人民系累为敌所虏①。吾欲以守则固，以战则胜，为之奈何？”

太公曰：“如此者，谓之突兵②。其牛马必不得食，士卒绝粮，暴击而前。令我远邑别军、选其锐士，疾击其后。审其期日，必会于晦③。三军疾战，敌人虽众，其将可虏。”

【注释】

①系累：捆绑，拘禁。《孟子·梁惠王下》：“若杀其父兄，系累其子弟，毁其宗庙，迁其重器，如之何其可也！”　②突兵：突击部队。　③晦：指日暮。《国语·鲁语下》：“明而动，晦而休，无日以怠。”

【译文】

武王问太公说：“敌人长驱直入，侵占掠夺我们的土地，驱赶抢劫我们的牛马，敌军大批来到，直逼我城下。我们的士兵大为恐慌，人民被拘禁成为敌人的俘虏。我军要想守卫就能巩固，交战就能取胜，应该怎么办？”

太公说：“像这种部队，称之为突击部队。他们的牛马一定得不到饲料，士兵的粮食也供应不上，只是猛烈地向前冲击。命令我远方城市的其他部队，选择精锐的士兵，快速袭击他们的后路。精确计算好日子，一定要在天黑时会师。全军奋战，敌人虽然人数众多，他们的将帅也可被我军俘虏。”

5.2.2　武王曰：“敌人分为三四，或战而侵掠我地，或止而收我牛马，其大军未尽至，而使寇薄我城下，致吾三军恐惧，为之奈何？”

太公曰：“谨候敌人未尽至，则设备而待之。去城四里而为垒，金鼓旌旗皆列而张。别队为伏兵。令我垒上多积强弩，百步一突门①，门有行马②，车骑居外，勇力锐士隐伏而处。敌人若至，使我轻卒合战而佯走。令我城上立旌旗，击鼙鼓，完为守备。敌人以我为守城,必薄我城下。发吾伏兵,以冲其内,或击其外。三军疾战,或击其前,或击其后。勇者不得斗,轻者不及走。名曰‘突战’。敌人虽众,其将必走。”

武王曰:“善哉!”

【注释】

①百步一突门:《墨子·备突》:“城百步,一突门。”突门是城下的暗门,根据《墨子》的描述,要在城墙里侧挖进城墙四五尺深,这样所剩余的城墙就很薄了,可以在必要时冲破突门,向外突击。但正因为突门处城墙很薄,所以也要防万一敌军找到了这个暗门如何能守住它。《墨子》介绍的方法是在突门内置窑灶,一旦敌军从突门冲入时,用烟熏法防御之。本篇则用军事防御武器“行马”设防。《后汉书·窦融传》提到“突门”,唐李贤注道:“突门,守城之门。”这却错了。突门主要是为攻击而设的,不能称之为守城之门。这里的突门,是指壁垒上的暗门。②行马:见4.1.2。

【译文】

武王说:“敌军分为三四股,有的攻战侵夺我们的土地,有的驻扎抢劫收罗我们的牛马,他们的大部队还没有完全到达,而使小股武装直逼我城下,造成我军恐惧,对此该怎么办?”

太公说:“谨慎地侦察,在敌人还没有完全到达时,就设置好军备等待他们。在离城四里处修筑营垒,金鼓战旗都张列起来,另派一队作为伏兵。命令我营垒上多集中强弩,每百步设一个突门,每个门里都有行马,战车骑兵居外,勇武有力的精锐士兵隐蔽埋伏起来。敌军如果来到,使我轻装部队交战以后佯装败走。令我城上树立旗帜,敲起鼙鼓,作好一切守城准备。敌军以为我军是在守城,必定逼近我方城下。我方出动伏兵,直冲敌军阵内,或在其阵外攻击。全军迅猛出战,有的攻击敌人正面,有的攻击敌人后方。使敌人勇敢的不得格斗,轻装的不及撤退。这种战法名叫‘突战’。敌人虽然人数众多,敌将也一定逃跑。”

武王说:“好极了!”

【篇意】

本篇讲述对付敌军突击部队的战法和诱敌攻城、突然夹击敌军的战法。

敌　强

5.3.1　武王问太公曰:“引兵深入诸侯之地,与敌人冲军相当[①],敌众我寡,敌强我弱,敌人夜来,或攻吾左,或攻吾右,三军震动。吾欲以战则胜,以守则固,为之奈何?"

太公曰:"如此者,谓之'震寇'[②],利以出战,不可以守。选吾材士强弩,车骑为之左右,疾击其前,急攻其后,或击其表,或击其里,其卒必乱,其将必骇。"

【注释】

①冲军:突前部队。 ②震寇:对我军构成震慑力的敌人。

【译文】

武王问太公说:"领兵深入诸侯国的国土,与敌人的突前部队相遇,敌众我寡,敌强我弱,敌人乘夜袭来,有的攻击我军左翼,有的攻击我军右翼,全军震动。我想交战就能取胜,守卫就能巩固,应该怎么办?"

太公说:"像这样的敌人,称之为'震寇',我军以出战为利,不可以防守。选择勇武之士,配备强弩,以战车、骑兵为他们的左右翼,迅猛地攻打敌人的正面,又快速地袭击敌人的侧后,有的攻击他们的阵外,有的冲入他们的阵内,敌人的士兵必定陷入混乱,敌人的将帅必定惊恐万状。"

5.3.2 武王曰:"敌人远遮我前,急攻我后,断我锐兵,绝我材士,吾内外不得相闻。三军扰乱,皆散而走,士卒无斗志,将吏无守心,为之奈何?"

太公曰:"明哉,王之问也!当明号审令,出我勇锐冒将之士[①],人操炬火,二人同鼓,必知敌人所在,或击其表,或击其里。微号相知[②],令之灭火,鼓音皆止,中外相应,期约皆当。三军疾战,敌必败亡。"

武王曰:"善哉!"

【注释】

①冒将:见4.4.1"冒将之士"注。 ②微号:暗号。微,暗。《史记·信陵君列传》:"侯生……与其客语,微察公子。"

【译文】

武王说:"敌人在远处阻击我军先头部队,又快速地攻击我后方,切断我的精锐之兵,隔绝我的勇武之士,使我军内外失去联系。全军纷扰,一片混乱,都分散逃走,士卒没有斗志,将吏没有守心,对此怎么办?"

太公说:"大王问得很高明!应当明白确切地发出号令,出动我方勇猛精锐善于冲锋陷阵的强壮之士，每人拿一把火炬，两个人敲一面鼓，一定要弄清敌人的所在，有的攻击他们的阵外，有的冲入他们的阵内。凭借暗号互相识别，这时就命令他们熄了火炬，停止击鼓，里应外合，预先的约定都实施得很得当。全军奋战，敌人必定败亡。”

武王说：“好极了！”

【篇意】

本篇讲述敌强我弱，敌人夜袭切断我军，在内外失去联系的情况下如何变被动为主动，最终里应外合，打败敌人的战法。篇中的火光、鼓声，都是向被隔绝的另一部分部队送去的信息。

敌　武

5.4.1　武王问太公曰：“引兵深入诸侯之地，卒遇敌人①，甚众且武，武车骁骑绕我左右②，吾三军皆震，走不可止，为之奈何？”

太公曰：“如此者，谓之‘败兵’。善者以胜，不善者以亡。”

武王曰：“用之奈何③？”

太公曰：“伏我材士强弩，武车骁骑为之左右，常去前后三里。敌人逐我，发我车骑，冲其左右，如此，则敌人扰乱，吾走者自止。”

【注释】

①卒：通“猝”。　②武车：即武冲大扶胥。　③用：有作为。《易·乾》：“潜龙勿用。”

【译文】

武王问太公说：“领兵深入诸侯国的国土，突然遭遇敌人，敌人人数很多而且勇武，用武冲大扶胥和骁勇的骑兵包围我军左右两翼，我三军都震动，逃跑不可遏止，对此应该怎么办？”

太公说：“像这种情况，称之为‘败兵’。好的话可以因此取胜，不好的话可以因此败亡。”

武王说：“怎样才能有所作为呢？”

太公说：“把我方的勇武之士和强弩埋伏起来，用武冲大扶胥和骁勇的骑兵配置在左右，常离开前后三里远近。敌人追赶我军时，出动我方的战车和骑兵，冲击他们的左右两侧，这样，敌人就受到扰乱，我军逃跑的也自动停止了。”

5.4.2 武王曰:“敌人与我车骑相当,敌众我少,敌强我弱,其来整治精锐,吾陈不敢当[1],为之奈何?”

太公曰:“选我材士强弩,伏于左右,车骑坚陈而处。敌人过我伏兵,积弩射其左右[2],车骑锐兵疾击其军,或击其前,或击其后。敌人虽众,其将必走。”

武王曰:“善哉!”

【注释】

①不敢当:不敢抵挡。与后来作为谦让之辞的意义不同。 ②积:聚,集中。

【译文】

武王说:“敌人与我军的战车、骑兵相遇,敌众我少,敌强我弱,他们前来,整齐精锐,我方如果布阵是抵挡不了的,对此该怎么办?”

太公说:“挑选我勇武之士带着强弩,埋伏在左右两侧,战车骑兵坚守阵地。敌人经过我伏兵时,集中强弩射他们的左右两翼,战车骑兵快速向敌军发起攻击,有的袭击他们的正面,有的袭击他们的侧后。敌人人数虽多,他们的将帅必定后撤。”

武王说:“好极了!”

【篇意】

本篇讲述在敌强我弱的形势下如何打好遭遇战。

乌云山兵

5.5.1 武王问太公曰:“引兵深入诸侯之地,遇高山盘石[1],其上亭亭无有草木[2],四面受敌,吾三军恐惧,士卒迷惑。吾欲以守则固,以战则胜,为之奈何?”

太公曰:“凡三军处山之高,则为敌所栖;处山之下,则为敌所囚。既以被山而处[3],必为乌云之陈[4]。乌云之陈,阴阳皆备[5]。或屯其阴,或屯其阳。处山之阳,备山之阴;处山之阴,备山之阳;处山之左,备山之右;处山之右,备山之左。其山,敌所能陵者[6],兵备其表,衢道通谷,绝以武车,高置旌旗,谨勅三军,无使敌人知我之情,是谓山城。行列已定,士卒已陈,法令已行,奇正已设[7],各置冲陈于山之表,便兵所处,乃分车骑为乌云之陈。三军疾战,敌人虽众,其将可擒。”

【注释】

①盘石:巨石。盘,通磐。《荀子·富国》:"国安于盘石。"注:"盘石,盘薄大石也。"　②亭亭:高耸貌。　③以:通"已"。　④乌云之陈:一种分合变化较多的战阵。见5.6.2:"所谓乌云者,乌散而云合,变化无穷者也。"　⑤阴阳:指山北、山南。　⑥陵:升登。　⑦奇正:见3.9.1注②。

【译文】

武王问太公说:"领兵深入诸侯国的国土,遇到高山巨石,山头高高耸立没有草木,在四面受敌的情况下,我方三军恐惧,士兵迷惑。我想防守就能巩固,交战就能取胜,应该怎么办?"

太公说:"凡是把军队驻扎在山顶上,就会被敌人围困而被迫栖居在上面;把军队驻扎在山脚下,就会被敌人围困像似囚禁在那里。既然已经占在山上安顿下来了,就一定要布下乌云之阵。乌云之阵,山北山南都要戒备。或者驻防在山北,或者驻防在山南。驻扎在山的南面,就要戒备山的北面;驻扎在山的北面,就要戒备山的南面;驻扎在山的左面,就要戒备山的右面;驻扎在山的右面,就要戒备山的左面。那山,敌人能够登上来的地方,都要派兵守备在它外面,要道通谷,用战车阻绝,高悬旗帜,慎重告诫三军,不要让敌人知道我们的情况,这就叫以山为城。行列已经排定,士兵已经布阵,法令已经施行,正面作战和战术变化的方略已经确定,各在山的表面布置成四武冲阵,在便于作战的地方,把战车骑兵分布为乌云之阵。三军奋战,虽然敌人众多,他们的主将也可被擒获。"

【篇意】

本篇讲述山地防御和击败敌人进攻的战法。

乌云泽兵

5.6.1　武王问太公曰:"引兵深入诸侯之地,与敌人临水相拒,敌富而众,我贫而寡,逾水击之则不能前,欲久其日则粮食少。吾居斥卤之地①,四旁无邑,又无草木,三军无所掠取,牛马无所刍牧,为之奈何?"

太公曰:"三军无备,牛马无食,士卒无粮,如此者,索便诈敌而亟去之,设伏兵于后。"

武王曰:"敌不可得而诈,吾士卒迷惑,敌人越我前后,吾三军败乱而走,为之奈何?"

太公曰:“求途之道,金玉为主,必因敌使,精微为宝。”

【注释】

①斥卤之地:盐碱地。

【译文】

武王问太公说:“领兵深入诸侯国的国土,与敌人隔水相对,敌人物资丰富并且人数众多,我方物资贫乏且人数很少,要过河去攻打敌人却不能前进,想拖延时日却粮食不足。我方驻扎在盐碱地上,周围没有城邑,也没有草木,三军没有地方掠取用度,没有地方喂养放牧牛马,对此该怎么办?”

太公说:“三军没有军备,牛马没有饲料,士兵没有粮食,像这种情况,应寻求简便的办法欺骗敌人且赶快离开,在后面设置伏兵。”

武王说:“敌人欺骗不了,我方士兵迷惑,敌人渡河超越我军前后,我三军兵败溃乱逃跑,对此该怎么办?”

太公说:“寻求出路的办法,主要靠金玉财宝,一定要借助敌军的使者,事情做得精细隐密最为重要。”

5.6.2 武王曰:“敌人知我伏兵,大军不肯济,别将分队以逾于水,吾三军大恐,为之奈何?”

太公曰:“如此者,分为冲陈,便兵所处。须其毕出,发我伏兵,疾击其后,强弩两旁,射其左右,车骑分为乌云之陈,备其前后,三军疾战。敌人见我战合,其大军必济水而来。发我伏兵,疾击其后,车骑冲其左右,敌人虽众,其将可走。凡用兵之大要,当敌临战,必置冲陈①,便兵所处,然后以车骑分为乌云之陈②,此用兵之奇也。所谓乌云者,乌散而云合,变化无穷者也。”

武王曰:“善哉!”

【注释】

①置:原作“宜”,《武经七书汇解》据文意改,从之。 ②车骑:原作“军骑”,《武经七书汇解》据文意及上下文改,从之。

【译文】

武王说:“敌人知道我方有伏兵,大部队不肯过河,另外率分队渡过河,我三军大为恐慌,对此该怎么办?”

太公说:“像这种情况,要分别布下四武冲阵,在便于作战的地方安顿下来。必须等待敌兵完全渡过河来,出动我伏兵,快速地袭击他们的侧后,用强弩在两旁射击他们的左右侧，战车骑兵分布为乌云之阵，前后戒备，三军快速作战。敌人见我方交锋，他们的大部队必定渡河过来。出动我伏兵，快速地袭击他们的侧后，战车骑兵冲击他们的左右侧，敌人人数虽多，他们的主将也可能败逃。凡用兵的关键是，面对敌人临战之时，一定要布置四武冲阵，在便于作战的地方安顿下来，然后用战车骑兵分布为乌云之阵，这是在用兵上出奇制胜的方法。所谓乌云，就是乌散云合，变化无穷的意思。”

武王说：“好极了！”

【篇意】

本篇讲述与敌军隔河而对，在不利条件不利环境下如何考虑转移，用伏兵和布阵击败渡河来追击之敌的办法。

少　众

5.7.1　武王问太公曰：“吾欲以少击众，以弱击强，为之奈何？”

太公曰：“以少击众者，必以日之暮，伏于深草，要之隘路；以弱击强者，必得大国之与①，邻国之助。”

武王曰：“我无深草，又无隘路，敌人已至，不适日暮。我无大国之与，又无邻国之助，为之奈何？”

太公曰：“妄张诈诱，以荧惑其将，迂其道，令过深草，远其路，令会日暮②。前行未渡水，后行未及舍，发我伏兵，疾击其左右，车骑扰乱其前后。敌人虽众，其将可走。事大国之君，下邻国之士，厚其币③，卑其辞，如此，则得大国之与、邻国之助矣。”

武王曰：“善哉！”

【注释】

①之：原作“而”，《武经七书汇解》据文意及上下文改，从之。　②日暮：原作“日路”，《武经七书汇解》据文意及上下文改，从之。　③币：礼物。

【译文】

武王问太公说：“我想要以少击众，以弱击强，怎么办？”

太公说：“以少击众，一定要在黄昏时，埋伏在深草之中，在狭路上阻击敌人；以弱击强，一定要得到大国的支援，邻国的帮助。”

武王说：“我方占据的地方附近没有深草，也没有狭路，敌人已经来到，并不正好是黄昏。我军没有大国的支援，也没有邻国的帮助，对此怎么办？”

太公说："虚张声势，欺骗引诱，以此迷惑敌将，使他绕着弯道，经过深草，使他走远路，在黄昏与我们交战。在他们先头部队还没有渡过河，后续部队还没来得及宿营的时候，出动我方伏兵，迅速袭击他们的左右两翼，战车骑兵扰乱他们的前后。敌人人数虽多，他们的主将也可败逃。服事大国的君主，礼待邻国的贤士，多送礼物，言辞卑谦，这样，就能得到大国的支援、邻国的帮助了。"

武王说："好极了！"

【篇意】

本篇讲述以少击众的战术和以弱击强的战略策略。

分　险

5.8.1　武王问太公曰："引兵深入诸侯之地，与敌人相遇于险厄之中，吾左山而右水，敌右山而左水，与我分险相拒，各欲以守则固，以战则胜，为之奈何？"

太公曰："处山之左，急备山之右；处山之右，急备山之左。险有大水无舟楫者，以天潢济吾三军①；已济者亟广吾道，以便战所。以武冲为前后，列其强弩，令行陈皆固。衢道谷口，以武冲绝之，高置旌旗，是谓'车城'。凡险战之法，以武冲为前，大橹为卫，材士强弩翼吾左右，三千人为屯，必置冲陈，便兵所处。左军以左，右军以右，中军以中，并攻而前。已战者还归屯所，更战更息，必胜乃已。"

武王曰："善哉！"

【注释】

①天潢：见4.1.2"以天浮张飞江、济大海，谓之天潢"并注⑪、⑫、⑬。

【译文】

武王问太公说："领兵深入诸侯国的国土，与敌人在狭隘险要的地方相遇，我方左边是山右边是水，敌方右边是山左边是水，与我分据险要相对峙，各自都想守卫就能巩固，交战就能取胜，对此该怎么办？"

太公说："驻扎在山的左面，要急速地戒备山的右面；驻扎在山的右面，要急速地戒备山的左面。险要处有大河而没有船只的，用天潢渡过我方三军；已经渡过的抓紧开拓我方的道路，以得到便于作战的场所。用武冲大扶胥放置在队伍前后，将强弩一字排开，使行阵都很坚固。通道谷口，用武冲大扶胥阻绝，高悬旗帜，这称之为'以车为城'。凡是在险要地带作战的方法，用武冲大扶胥打前阵，大盾牌作掩护，勇武之士带着强弩保护左右两翼，三千人为一屯，一定要设四武冲阵，在便于作战的地方安顿下来。左军在左，右军在右，中军在中，并肩进攻向前。已经交战过的回到驻扎的地方，轮番作战轮番休息，一定要取得胜利才停止战斗。”

武王说：“好极了！”

【篇意】

本篇讲述在傍山依水的险要地带与敌军遭遇，部署兵力和布阵作战的方法。

卷六　犬　韬

分　合

6.1.1　武王问太公曰："王者帅师，三军分为数处，将欲期会合战，约誓赏罚①，为之奈何？"

太公曰："凡用兵之法，三军之众，必有分合之变。其大将先定战地战日，然后移檄书与诸将吏②，期攻城围邑，各会其所，明告战日，漏刻有时③。大将设营而陈，立表辕门④，清道而待⑤。诸将吏至者，校其先后，先期至者赏，后期至者斩。如此，则远近奔集，三军俱至，并为合战。"

【注释】

①誓：告诫将士有所约束的言辞。《礼记·曲礼下》："约信曰誓。"孔颖达疏："用言辞共相约束以为信也。"　②移檄书：移，传发。檄书，官方文书。③漏刻：古代的计时器，一种滴水装置，上刻符号表时间，昼夜百刻。《汉书·哀帝纪》建平二年诏："漏刻以百二十为度。"注："旧漏，昼夜共百刻，今增其二十。"④立表辕门：表，也是古代的计时装置，一种测日影以知时辰的标竿。《史记·司马穰苴列传》记载司马穰苴"立表下漏"等待庄贾到来，《索隐》："立表，谓立木为表以视日影；下漏，谓下漏水以知刻数也。"　辕门，这里指军营营门。《史记·项羽本纪》："项羽召见诸侯将，入辕门，无不膝行而前，莫敢仰视。"《集解》引张晏："军行以车为陈，辕相向为门，故曰辕门。"　⑤清道：古代帝王、大官出行，或有贵客来临，事先清扫道路，禁止行人往来。

【译文】

武王问太公说："君王统领军队，三军分在几个地方，主将想要限期集中会战，约定赏罚条例，对此该怎么办？"

太公说："凡是用兵之法，三军那么众多，一定会有分兵和集中的变化。大将先要定下作战的地点和日期,然后传发文书给各将吏,约定攻城围邑,各部分应该在哪里会合,明确告知日期,用漏刻来计算时间。大将设营布阵,在营门立表测日影计算时间,清扫道路、驱赶行人而后在那里等待。各将吏到达时,要核对他们先后时间,先于约定时间到达的赏,后于约定时间到达的杀。这样,远的近的就会奔来会集,三军全部到达,集中力量会战。"

【篇意】

本篇讲述集合各路军队会战,如何严明赏罚纪律以保证克期到达。

武　锋

6.2.1　武王问太公曰:"凡用兵之要,必有武车骁骑,驰陈选锋①,见可则击之。如何则可击?"

太公曰:"夫欲击者,当审察敌人十四变,变见则击之,敌人必败。"

武王曰:"十四变可得闻乎?"

太公曰:"敌人新集可击,人马未食可击,天时不顺可击,地形未得可击,奔走可击,不戒可击,疲劳可击,将离士卒可击,涉长路可击,济水可击,不暇可击,阻难狭路可击,乱行可击,心怖可击。"

【注释】

①选锋:精选出来的先锋队、突击队。《孙子·地形》:"将不能料敌,以少合众,以弱击强,兵无选锋,曰北。"杜牧注:"《卫公李靖兵法》有'战锋队'言拣择敢勇之士,每战皆为先锋。"张预注:"凡战必用精锐为前锋者,一则壮吾志,一则挫敌威也。"

【译文】

武王问太公说:"凡用兵的关键,一定要有威武的战车、骁勇的骑兵,驰骋阵前的精锐先锋队,看到有可乘之机就打击敌人。要怎么样才可以打击呢?"

太公说:"想要打,就应该仔细察看敌人的十四种不正常情况,这些不正常情况一出现就打,敌人一定失败。"

武王说:"这十四种不正常情况我可以听一听吗?"

太公说:"敌人刚刚集结的时候可以打,人还没有吃饭、马还没有喂料的时候可以打,气候条件对敌人不利可以打,敌方没有占据有利地形可以打,奔跑赶路时可以打,疏于戒备可以打,疲劳时可以打,将帅离开士兵时可以打,长途跋涉后可以打，渡河时可以打，忙乱不得空闲时可以打，过险阻狭路时可以打，行列不整时可以打，军心惶恐时可以打。”

【篇意】

本篇讲述有利于我、不利于敌的十四种战机。

练　士

6.3.1　武王问太公曰：“练士之道奈何①？”

太公曰：“军中有大勇、敢死、乐伤者，聚为一卒②，名曰冒刃之士；有锐气、壮勇、强暴者，聚为一卒，名曰陷阵之士；有奇表长剑、接武齐列者③，聚为一卒，名曰勇锐之士；有拔距伸钩④、强梁多力、溃破金鼓、绝灭旌旗者，聚为一卒，名曰勇力之士；有逾高绝远、轻足善走者，聚为一卒，名曰冠兵之士；有王臣失势，欲复见功者，聚为一卒，名曰死斗之士；有死将之人子弟，欲与其将报仇者，聚为一卒，名曰敢死之士；有赘婿人虏⑤、欲掩迹扬名者，聚为一卒，名曰必死之士；有胥靡免罪之人⑥，欲逃其耻，聚为一卒，名曰倖用之士⑦；有材技兼人⑧，能负重致远者，聚为一卒，名曰待命之士。此军之服习⑨，不可不察也。”

【注释】

①练士：练，选择。《史记·苏秦列传》：“练士厉兵，在大王之所用之。”　②卒：春秋时军队中的组织，一百人或二百人为一卒。《周礼·夏官·诸子》：“合其卒伍。”郑玄注：“军法百人为卒，五人为伍。”《管子·小匡》：“四里为连，故二百人为卒，连长率之。”可见齐国的卒，即相当于今之连队。　③接武：武，足迹；行路足迹前后相接，形容士兵操练时步伐整齐。《礼记·曲礼上》：“堂上接武，堂下布武。”郑玄注：“武，迹也。迹相接，谓每移足半蹑之。中人之迹尺二寸。”　④拔距：古代一种练武的运动。《汉书·甘延寿传》：“投石拔距，绝于伦等。”颜师古注：“拔距者，有人连坐，相把据地，距以为坚，而能拔取之，皆言其有手掣之力。”可见是一种锻炼臂力的运动。东汉应劭则以为是一种锻炼跳跃的运动。此处“拔距”与“伸钩”并列，以颜师古说为是。　⑤赘婿：即俗称“招女婿”，男到女家成婚者；在古代男权社会中，被人所蔑视。《史记·滑稽列传》：“淳于髡者，齐之赘婿也。”《索隐》：“女之夫也，比于子，如人疣赘，是余剩之物也。”　⑥胥靡：古代服劳役的刑徒。《庄子·庚桑楚》：“胥靡登高而不惧，遗生死也。”郭象注：“无赖

于生，故不畏死。”　⑦倖：宠幸。　⑧兼人：胜人。《论语·先进》：“由也兼人，故退之。”由，子路；指子路勇力过人。　⑨服习：反复练习，引申为熟悉。《管子·七法》：“为兵之数……存乎服习而服习无敌。”尹知章注：“服，便也；谓便习武艺。”

【译文】

武王问太公说：“选择士卒的方法是怎么样的？”

太公说：“军队中有勇气大、敢于死、乐于伤的，集中为一队，叫做冒刃之士；有充满锐气、壮年英勇强悍凶暴的，集中为一队，叫做陷阵之士；有外表奇伟善击长剑、步伐稳健使队伍整齐的，集中为一队，叫做勇锐之士；有具有拔距伸钩的臂力、身体强壮有力、能冲入敌阵捣破金鼓、毁坏战旗的，集中为一队，叫做勇力之士；有能越高行远、脚步轻捷善于飞跑的，集中为一队，叫做冠兵之士；有失去权势的王室之臣，想要再现功劳的，集中为一队，叫做斗死之士；有战死将领的子弟，想要为将领报仇的，集中为一队，叫做敢死之士；有上门女婿或曾被俘虏，想要掩盖过去而扬名的，集中为一队，叫做必死之士；有刑徒免罪，想要逃避他的耻辱的，集中为一队，叫做倖用之士；有材技过人，能任重致远的，集中为一队，叫做待命之士。这是军队中所要熟悉的，不可不明察。”

【篇意】

本篇讲述按不同类型选择士卒的办法。

教　战

6.4.1　武王问太公曰：“合三军之众①，欲令士卒练士教战之道奈何？”

太公曰：“凡领三军，有金鼓之节，所以整齐士众者也。将必先明告吏士，申之以三令，以教操兵起居②，旌旗指麾之变法。故教吏士，使一人学战，教成，合之十人；十人学战，教成，合之百人；百人学战，教成，合之千人；千人学战，教成，合之万人；万人学战，教成，合之三军之众③；大战之法，教成，合之百万之众。故能成其大兵，立威于天下。”

武王曰：“善哉！”

【注释】

①三军之众：本书所用“三军”，有时指中军、左军、右军，如5.8.1“左军以左，

右军以右,中军以中";有时指步军、车军、骑军,如6.8.1"步贵知变动,车贵知地形,骑贵知别径奇道:三军同名而异用也。"总之,概指全军而言。周代军队编制,一军为一万二千五百人。而从本篇"万人学战,教成,合之三军之众"可知,"三军之众"实有十万人之多。 ②起居:原指作息、举止,这里指军中操练的动作,如今之"向右看齐"、"向前看"、"立定"、"稍息"以及操作兵器的动作等。 ③使一人学战……合之三军之众:此段大意又见于《吴子·治兵》:"一人学战,教成十人;十人学战,教成百人;百人学战,教成千人;千人学战,教成万人;万人学战,教成三军。"

【译文】

武王问太公说:"集合三军之众,想要给士兵、选出的勇士教练战法的要领是怎样的?"

太公说:"凡是统领三军,有金鼓的节制,这是为了使士兵们行动整齐划一。主将一定要明确告知军官士兵,再三申述命令,以便教练操作兵器、各种基本动作,及根据旗帜指挥的变化方法。所以在教练军官士兵时,先使一个人学习作战基本要领,等教练成功,再十人合练;十个人学习作战基本要领,等教练成功,再百人合练;一百人学习作战基本要领,等教练成功,再千人合练;一千人学习作战基本要领,等教练成功,再万人合练;一万人学习作战基本要领,等教练成功,就全军合练;而特大战役的训练法,等全军教练成功,还要百万之众合练。所以能造就一支庞大的军队,树立雄风于天下。"

武王说:"好极了!"

【篇意】

本篇讲述以一带十,逐步完成训练士兵作战基本要领的方法。

均　兵

6.5.1　武王问太公曰:"以车与步卒战,一车当几步卒,几步卒当一车?以骑与步卒战,一骑当几步卒,几步卒当一骑?以车与骑战,一车当几骑,几骑当一车?"

太公曰:"车者,军之羽翼也,所以陷坚阵,要强敌,遮走北也。骑者,军之伺候也[①],所以踵败军,绝粮道,击便寇也。故车骑不敌战[②],则一骑不能当步卒一人。三军之众,成陈而相当,则易战之法[③],一车当步卒八十人,八十人当一车;一骑当步卒八人,八人当一骑；一车当十骑，十骑当一车。险战之法，一车当步卒四十人，四十人当一车；一骑当步卒四人，四人当一骑；一车当六骑，六骑当一车[4]。夫车骑者，军之武兵也，十乘败千人，百乘败万人；十骑败百人，百骑走千人：此其大数也。”

【注释】

①伺候：窥伺。　②车骑不敌战：敌，相当；谓车骑在战争中运用不当。③易战：与下“险战”相对，指在平坦的地势上作战。易，平坦。《淮南子·兵略》：“易则用车，险则用骑。”　④车：原作“卒”，字讹，据《武经七书汇解》改。

【译文】

武王问太公说：“用车兵与步兵作战，一辆战车相当于几个步兵，几个步兵相当于一辆战车？用骑兵与步兵作战，一个骑兵相当于几个步兵，几个步兵相当于一个骑兵？用车兵与骑兵作战，一辆战车相当于几个骑兵，几个骑兵相当于一辆战车？”

太公说：“战车，好比是军队的羽翼，是用来攻坚陷阵，腰截强敌，阻击逃跑之敌的。骑兵，是军队中窥伺敌人的机动力量，用来追击败军，断绝粮道，袭击小股流窜敌人的。所以战车骑兵在战争中运用不当，那就一个骑兵还不能相当于一个步兵。三军之众，布成战阵而又得当的话，那么在平坦的地势上作战的标准，一辆战车相当于步兵八十人，八十人相当于一辆战车；一个骑兵相当于步兵八人，八人相当于一个骑兵；一辆战车相当于十个骑兵，十个骑兵相当于一辆战车。在险阻的地势上作战的标准，一辆战车相当于步兵四十人，四十人相当于一辆战车；一个骑兵相当于步兵四人，四人相当于一个骑兵；一辆战车相当于六个骑兵，六个骑兵相当于一辆战车。战车骑兵，是军队中威武的兵力，十辆战车可击败一千人，百辆战车可击败一万人；十个骑兵可击败一百人，一百个骑兵可打跑一千人：这是大概的数字。”

6.5.2　武王曰：“车骑之吏数、陈法奈何？”

太公曰：“置车之吏数，五车一长，十车一吏，五十车一率，百车一将。易战之法，五车为列，相去四十步[1]，左右十步，队间六十步。险战之法，车必循道，十车为聚，二十车为屯，前后相去二十步，左右六步，队间三十六步。五车一长[2]，纵横相去二里，各返故道。置骑之吏数，五骑一长，十骑一吏，百骑一率，二百骑一将。易战之法，五骑为列。前后相去二十步，左右四步，队间五十步。险战者，前后相去十步，左右二步，队间二十五步。三十骑为一屯，六十骑为一辈。

十骑一吏[3],纵横相去百步,周环各复故处[4]。”

武王曰:“善哉!”

【注释】

①相去四十步:据下文可知,“相去”前脱“前后”二字,译文补其意。

②五车一长:此句似为衍文,《武经七书直解》径删此四字,译文从之不译。

③十骑一吏:此句似为衍文,《武经七书直解》径删此四字,译文从之不译。

④周环:环,通“旋”,亦作“还”,《礼记·射义》:“进退周还必中礼。”“周还”即“周旋”。《大戴礼记·保傅》:“亟顾环面。”卢辩注:“环,旋也。”此处之“周环”,《武经开宗》即作“周旋”。周旋,这里有驰骋追逐即交战的意思。

【译文】

武王说:“车兵骑兵的军官数额和布阵标准是怎么样的?”

太公说:“设置战车的军官数额,五辆战车设一长,十辆战车设一吏,五十辆战车设一率,一百辆战车设一将。在平坦地势上作战的标准,五辆战车为一列,前后相隔四十步,左右十步,队和队之间相隔六十步。在险阻地势上作战的标准,战车必须沿着道路,十辆战车为一聚,二十辆战车为一屯,前后相隔二十步,左右六步,队和队之间相隔三十六步。战车的阵形,纵横伸展各二里,战斗结束各按原来的道路返回。设置骑兵的军官数额,五骑设一长,十骑设一吏,一百骑设一率,二百骑设一将。在平坦地势上作战的标准,五骑为一列,前后相隔二十步,左右四步,队和队之间相隔五十步。在险阻地形上作战的标准,前后相隔十步,左右二步,队和队之间相隔二十五步。三十骑为一屯,六十骑为一辈。骑兵的阵形,纵横伸展各一百步,交战后各回到原来的地方。”

武王说:“好极了!”

【篇意】

本篇讲述车兵、骑兵、步兵作战能力的对比,以及车兵、骑兵的军官配备数额与布阵标准。

武 车 士

6.6.1 武王问太公曰:“选车士奈何?”

太公曰:“选车士之法,取年四十已下,长七尺五寸已上[1],走能逐奔马,及驰而乘之,前后、左右、上下周旋[2],能缚束旌旗,力能彀八石弩[3],射前后左右,皆便习者,名曰武车之士[4],不可不厚也。”

【注释】

①七尺五寸已上：周尺一尺约合今0.23公尺，按此折算，约在1.73公尺以上。已，通"以"。　②周旋：此处指与敌周旋。　③彀八石弩：彀，拉满弓弩。石，古重量单位，120斤为一石。周代一斤约合0.23公斤，按此折算，八石约为220公斤。④武车之士：本书在车士、骑士前加一"武"字，是一种褒称，"武"即威武之意。6.5.1"夫车骑者，军之武兵也"，所以称为"武车士"、"武骑士"。

【译文】

武王问太公说："怎样选拔车士？"

太公说："选拔车士的标准，取年龄在四十岁以下，身高在七尺五寸以上，快跑时能追得上奔马，在战车驰骋时跃身上车，前后、左右、上下与敌周旋，能捆缚旗帜，臂力能拉满八石的弩，向前后左右射箭，都很熟练的，称之为武车士，不可不厚待他们。"

【篇意】

本篇讲述选拔车士的标准。

武　骑　士

6.7.1　武王问太公曰："选骑士奈何？"

太公曰："选骑士之法，取年四十已下，长七尺五寸以上，壮健捷疾，超绝伦等[①]，能驰骑彀射，前后左右周旋进退，越沟堑，登丘陵，冒险阻，绝大泽，驰强敌，乱大众者，名曰武骑之士，不可不厚也。"

【注释】

①伦等：即等伦，同辈。

【译文】

武王问太公说："怎样选拔骑士？"

太公说："选拔骑士的标准，取年龄在四十岁以下，身高在七尺五寸以上，壮健敏捷，在同辈中超群出众，能骑马疾驰拉满弓射箭，前后左右与敌周旋进退，飞越沟堑，登上丘陵，冒着险阻，跨越大泽，驰逐强敌，把众多敌人打乱的，称之为武骑士，不可不厚待他们。"

【篇意】

本篇讲述选拔骑士的标准。

战　车

6.8.1　武王问太公曰："战车奈何？"

太公曰："步贵知变动，车贵知地形，骑贵知别径奇道，三军同名而异用也。凡车之死地有十，其胜地有八。"

武王曰："十死之地奈何？"

太公曰："往而无以还者，车之死地也；越绝险阻，乘敌远行者，车之竭地也；前易后险者，车之困地也；陷之险阻而难出者，车之绝地也；圮下渐泽[①]，黑土黏埴者[②]，车之劳地也；左险右易，上陵仰阪者[③]，车之逆地也；殷草横亩[④]，犯历深泽者，车之拂地也[⑤]；车少地易，与步不敌者，车之败地也；后有沟渎，左有深水，右有峻阪者，车之坏地也；日夜霖雨，旬日不止，道路溃陷，前不能进，后不能解者，车之陷地也：此十者，车之死地也。故拙将之所以见擒，明将之所以能避也。"

【注释】

①圮下渐泽：圮，坍塌；指道路而言。下，低下。渐泽，积水的洼地。②埴：黏土。③上陵仰阪：陵，土山；阪，山坡。④殷：茂盛。⑤拂：逆，违背。

【译文】

武王问太公说："战车怎样作战？"

太公说："步兵贵在了解情况变化，车兵贵在了解作战地形，骑兵贵在了解别径奇道，这三个兵种同称为兵而作用不一样。车兵作战，有十种死地，八种胜地。"

武王说："十种死地是怎么样的？"

太公说："去了不能返回的，是战车的死地；越过险阻，远途追击敌人的，是战车的竭地；开始平坦后来险阻的，是战车的困地；陷在险阻之中而难以冲出的，是战车的绝地；道路塌陷、洼地积水、黑泥粘土的，是战车的劳地；左边险峻右边平坦，上山爬坡的，是战车的逆地；驶过杂草茂密的田垄，趟过深远沼泽的，是战车的拂地；车少地平，与步兵不能配合的，是战车的败地；后有沟渠，左有深水，右有高坡的，是战车的坏地；日夜连绵大雨，十来天不停，道路塌陷，前不能进，后不能退的，是战车的陷地：这十种，都是战车的死地。所以愚笨的将领因此而被擒，明智的将领因此而能躲避。"

6.8.2 武王曰:"八胜之地奈何?"

太公曰:"敌之前后,行陈未定,即陷之;旌旗扰乱,人马数动,即陷之;士卒或前或后,或左或右,即陷之;陈不坚固,士卒前后相顾,即陷之;前往而疑,后恐而怯,即陷之;三军卒惊,皆薄而起[1],即陷之;战于易地,暮不能解,即陷之;远行而暮舍,三军恐惧,即陷之:此八者,车之胜地也。将明于十害八胜,敌虽围周,千乘万骑,前驱旁驰,万战必胜。"

武王曰:"善哉!"

【注释】

①薄:迫。《左传·文公十二年》:"不待期而薄人于险,无勇也。"这里指被迫。

【译文】

武王说:"八种胜地是怎样的?"

太公说:"敌人的前后,行阵还没有排定,就攻陷他们;旗帜乱纷纷,人马屡次移动,就攻陷他们;士兵有的向前,有的向后,有的向左,有的向右,就攻陷他们;战阵不牢固,士兵前后相望,就攻陷他们;前进疑惑不定,后退恐惧胆怯,就攻陷他们;三军突然受惊,都被迫从睡梦中起来,就攻陷他们;在平坦地势上交战,到傍晚还不分胜负,就攻陷他们;远途行军日暮时才宿营,三军恐惧,就攻陷他们:这八种,都是战车的胜地。将领明白了十种有害的地形、八种可胜的情况,敌人即使四面包围,千乘万骑,正面驱车,两翼包抄,我军也能万战必胜。"

武王说:"好极了!"

【篇意】

本篇讲述车兵作战中十种有害的地形和八种可胜的情况。

战　骑

6.9.1 武王问太公曰:"战骑奈何?"

太公曰:"骑有十胜[1]、九败。"

武王曰:"十胜奈何?"

太公曰:"敌人始至,行陈未定,前后不属,陷其前骑,击其左右,敌人必走;敌人行陈整齐坚固,士卒欲斗,吾骑翼而勿去,或驰而往,或驰而来,其疾如风,其暴如雷,白昼而昏,数更旌旗,变易衣服,其军可克；敌人行阵不固，士卒不斗，薄其前后，猎其左右，翼而击之，敌人必惧；敌人暮欲归舍，三军恐骇，翼其两旁，疾击其后，薄其垒口，无使得入，敌人必败；敌人无险阻保固，深入长驱，绝其粮路，敌人必饥；地平而易，四面见敌，车骑陷之，敌人必乱；敌人奔走，士卒散乱，或翼其两旁，或掩其前后，其将可擒；敌人暮返，其兵甚众，其行陈必乱，令我骑十而为队，百而为屯，车五而为聚，十而为群，多设旌旗，杂以强弩，或击其两旁，或绝其前后，敌将可虏：此骑之十胜也。"

【注释】

①十胜：下文所述，只有八胜；若"十"字不误，则原文下文当有脱漏。

【译文】

武王问太公说："骑兵怎样作战？"

太公说："骑兵有十胜、九败。"

武王说："十胜是怎样的？"

太公说："敌人刚刚到达，行阵还没有定下来，前后不相连接，我骑兵攻破他们的先头骑兵部队，夹击他们的左右两翼，敌人必定败逃；敌人行阵整齐坚固，士卒想要战斗，我骑兵在他们左右两翼不离开，有时驰过去，有时驰过来，迅疾如风，猛烈如雷，使白昼因尘土飞扬而如同黄昏，屡次更换旗帜，变换衣服，他们的军队就可以攻克；敌人的阵形不坚固，士兵没有斗志，迫近他们的前后，冲击他们的左右，从两翼夹击，敌人必定恐惧；敌人日暮想要回营，三军惊恐，从两翼夹击他们，快速地袭击他们的殿后部队，迫近他们的营垒入口，不让他们进入营垒，敌人必败；敌人没有可凭借的险阻地势保持稳固，我骑兵长驱直入，切断他们的粮食输送线，敌人必定挨饿；地势平坦，四面出现敌人，用战车骑兵攻陷他们，敌人必定溃乱；敌人逃跑，士兵散乱，我骑兵有的从两翼夹击他们，有的乘其不备袭击他们的前后，敌人的主将可以擒获；敌人日暮时返回营垒，他们的士兵很多，他们行阵一定混乱，命令我骑兵十骑为一队，百骑为一屯，战车五辆为一聚，十辆为一群，多设旗帜，把强弩手混编进去，有的夹击他们的两翼，有的断绝他们的前后，敌人的主将可以被我俘获：这是骑兵的十胜。"

6.9.2 武王曰："九败奈何？"

太公曰："凡以骑陷敌，而不能破陈，敌人佯走，以车骑返击我后，此骑之败地也；追北逾险，长驱不止，敌人伏我两旁，又绝我后，此骑之围地也；往而无以返，入而无以出，是谓陷于天井[1]，顿于地穴[2]，此骑之死地也;所从入者隘,所从出者远,彼弱可以击我强,彼寡可以击我众,此骑之没地也[③];大涧深谷,翳薉林木[④],此骑之竭地也;左右有水,前有大阜,后有高山,三军战于两水之间,敌居表里,此骑之艰地也;敌人绝我粮道,往而无以返,此骑之困地也;汙下沮泽[⑤],进退渐洳[⑥],此骑之患地也;左有深沟,右有坑阜,高下如平地,进退诱敌,此骑之陷地也;此九者,骑之死地也。明将之所以远避,闇将之所以陷败也。"

【注释】

①天井:四面高,中央低的地形。《孙子·行军》:"凡地有绝涧、天井、天牢、天罗、天陷、天隙,必亟去之,勿近之。"曹操注:"四方高,中央下为天井。"杜牧引《军谶》曰:"地形坳下,大水所及,谓之天井。" ②地穴:也指低坳的地形。③没:覆没。 ④翳薉:同"蘙荟",草木茂盛貌。《孙子·行军》:"山林蘙荟,必谨覆索之,此伏奸之所藏处也。"薉、荟同音。 ⑤汙下沮泽:汙(wā),同洼,低陷。沮泽:水草丛生的沼泽地带。《孙子·行军》:"不知山林、险阻、沮泽之形者,不能行军。" ⑥渐洳:低湿地。同"沮洳"。《诗·魏风·汾沮洳》:"彼汾沮洳。"毛传:"汾,水也。沮洳,其渐洳者。"孔颖达《正义》:"汾是水名。沮洳,润泽之处。"

【译文】

武王说:"九败是怎样的?"

太公说:"凡是用骑兵攻陷敌人,却不能攻破敌阵,敌人假装逃走,用战车骑兵返回来攻打我后方,这是骑兵的'败地';追击败逃的敌人,越过险阻,长驱直入不停止,敌人埋伏在我军两旁,又断绝我的退路,这是骑兵的'围地';去了无法返回,进了无法出来,这叫做陷入天井之内,困顿在地穴之中,这是骑兵的'死地';进去的路狭窄,出来的路迂远,敌人可以以弱击我强,以少击我众,这是骑兵的'没地';大涧深谷,林木茂盛,这是骑兵的'竭地';左右有河,前有大山,后有高岭,三军在两水之间作战,敌人内外都据有利地形,这是骑兵的'艰地';敌人切断我方的粮食输送线,只能往前,不能返回,这是骑兵的'困地';洼地沼泽,进退都是低湿地带,这是骑兵的'患地';左有深沟,右有土坑连着土山,从高到低好像平地,前进后退都会招引敌人来攻,这是骑兵的'陷地':这九种,是骑兵的死地。明智的将领因此远远地避开它们,昏庸的将领因此陷于失败。"

【篇意】

本篇讲述骑兵作战的十(八)种胜机和九种败机。

战　步

6.10.1　武王问太公曰："步兵与车骑战奈何[1]？"

太公曰："步兵与车骑战者，必依丘陵险阻，长兵强弩居前，短兵弱弩居后，更发更止。敌之车骑虽众而至，坚阵疾战，材士强弩以备我后。"

武王曰："吾无丘陵，又无险阻，敌人之至，既众且武，车骑翼我两旁，猎我前后，吾三军恐怖，乱败而走，为之奈何？"

太公曰："令我士卒为行马、木蒺藜，置牛马队伍，为四武冲阵。望敌车骑将来，均置蒺藜，掘地匝后[2]，广深五尺，名曰'命笼'[3]。人操行马进步，阑车以为垒[4]，推而前后，立而为屯[5]。材士强弩，备我左右。然后令我三军，皆疾战而不解[6]。"

武王曰："善哉！"

【注释】

①与：原无此字，《武经七书汇解》据文意及上下文增，从之。　②匝：环绕。　③命笼：谓上述防御工事是士兵命运所系的设施。　④阑：通"拦"，阻隔。　⑤屯：驻防。　⑥解：通"懈"。

【译文】

武王问太公说："步兵怎样与战车骑兵作战？"

太公说："步兵与战车、骑兵作战，一定要依凭丘陵险阻，长兵器和强弩在前面，短兵器和射击力弱的弩居后，轮流更替着发射，轮流更替着休息。敌人的战车骑兵虽然很多而且都冲了过来，也要坚守阵地奋战，勇武之士带强弩在后方戒备。"

武王说："我方没有丘陵，也没有险阻，冲过来的敌人，既多又勇武，战车骑兵夹击我两翼，冲击我前后，我三军恐怖，溃败逃跑，应该怎么办？"

太公说："命令我士兵制造行马、木蒺藜，把牛车、马车安排成一个队，布成四武冲阵。远望敌人的战车骑兵将要来到，把木蒺藜均匀地安放在地上，并环绕后方掘地，深、阔各五尺，称之为'命笼'。每人拿着行马向前，把战车拦起来成为营垒样式，推着它或前或后抵挡，停下来就是驻防的营垒。勇武之士带着强弩，在左右两翼戒备。然后命令我三军都迅猛作战不得懈怠。"

武王说："好极了！"

【篇意】

本篇讲述敌人战车、骑兵来攻时，我军步兵在有险可依和无险可依时的迎战方法。

三略译注

目　录

前　言

《三略》，原称《黄石公记》，因为它分为“上略”、“中略”、“下略”三卷，所以又名《黄石公三略》，简称《三略》。它的作者，前人有三种说法。一种是三国魏李康提出的：“张良受黄石之符，诵《三略》之说，以游于群雄。”（《文选·运命论》）这个说法，应该是东汉末年的一般看法，即认为《三略》是黄石公所作，张良所传。后来的《隋书·经籍志》著录《黄石公三略》三卷，注：“下邳神人撰。”《宋史·艺文志》著录《黄石公三略》三卷又《素书》一卷，注：“张良所传。”就是这个说法的继续。下邳神人，就是黄石公。第二种说法是唐张守节提出的。《史记·留侯世家》载圯上老人（即黄石公）授张良之书为《太公兵法》，张守节《正义》引《七录》说：“《太公兵法》一帙三卷。太公，姜子牙，周文王师，封齐侯也。”《史记·太史公自序》：“尚父……缪权于幽。”张守节《正义》：“言吕尚绸缪于幽权之策，谓《六韬》、《三略》，阴符七术之属也。”可见张守节认为黄石公授给张良的《三略》是吕尚所作。第三种说法以清姚际恒为代表，他在《古今伪书考》中否定了上述两种说法，认为《三略》在《汉书·艺文志》中没有著录，因而是后人依托之书。有人根据东汉末年建安年间陈琳在《进军赋》中始提到“《三略》、《六韬》之策”，又《中略》有“《三略》为衰世作”的话，认为东汉末年是《三略》成书的时代。

从《三略》的内容看，比较符合第一种说法。如《上略》的“获城割之，获地裂之”，“为者则已，有者则士，焉知利之所在！彼为诸侯，己为天子”，以及《中略》的“夫高鸟死，良弓藏；敌国灭，谋臣亡。亡者，非丧其身也，谓夺其威废其权也。封之于朝，极人臣之位，以显其功；中州善国，以富其家；美色珍玩，以说其心”，都与秦末汉初的情势若合符节。所谓“《三略》为衰世作”，这个“衰世”应该是指天下大乱的秦末。第二种说法，把《三略》的成书时代提早到殷末周初，是完全无视了《三略》的文义、用词、句法都不古奥，与《尚书·周书》等周初的文章文体不类这样一个事实，因而是不可信的。第三种说法把成书时代推迟到东汉末年，显然没有注意到东汉初年光武帝诏书里就大段引用过《黄石公记》。《后汉书·臧宫传》记建武二十七年诏说：“《黄石公记》曰：柔能制刚，弱能制强。柔者德也，刚者贼也；弱者仁之助也，强者怨之归也。”“故曰有德之君，以所乐乐人；无德之君，以所乐乐身。乐人者其乐长，乐身者不久而亡。舍近谋远者，劳而无功；舍远谋近者，逸而有终。逸政多忠臣，劳政多乱人。故曰务广地者荒，务广德者强。有其有者安，贪人有者残。残灭之政，虽成必败。”所引正是《上略》和《下略》里的两段话，除个别字与今本《三略》有异外，其余皆同。这条资料，可以使第三种说法不攻自破。

《隋书·经籍志》在“《黄石公三略》三卷”下注道：“梁又有《黄石公记》三卷。”实际上不仅自汉至南朝梁有《黄石公记》这个书名，直到唐代，李善注《文选》时还不止一次引用过《黄石公记》，可见唐代犹存此名。如陆士衡（机）《门有车马客行》“亲友多零落，旧齿皆雕丧”注：“《黄石公记》曰：‘王聘旧齿，万事乃理。’”今本《三略》“王聘”作“主任”。又如张景阳（协）《七命》“单醪投川，可使三军告捷”注引《黄石公记》：“昔良将之用兵也，人有馈一箪之醪，投河令迎流而饮之。”今本《三略》作“昔者良将之用兵，有馈单醪者，使投诸河与士卒同流而饮。”这些文字上的差异，是古代引书大抵只用其意，文字上不大考究所造成的。

《三略》既是秦末汉初的作品，为什么《汉书·艺文志》中不著录呢？据《汉书·艺文志》说：“汉兴，张良、韩信序次兵法凡百八十二家，删取要用，定著三十五家。诸吕用事而盗取之。武帝时军政杨仆捃摭遗逸，纪奏兵录，犹未能备。至于孝成，命任宏论次兵书为四种。”这“四种”就是《汉书·艺文志》所著录的“兵权谋家”、“兵形势家”、“兵阴阳家”、“兵技巧家”。《三略》应属于“兵权谋家”，但显然它是“捃摭遗逸”、“犹未能备”的一种，所以任宏论次兵书时没有它，《汉书·艺文志》也没有著录它。从后来光武帝能读到它来看，它一度流散在民间是无疑了。

东汉末年以后，《三略》的知名度逐渐提高，文人作文，常写到它。除上面提到的陈琳《进军赋》和李康《运命论》外，如：

袁宏《三国名臣赞》：“《三略》既陈，霸业已基。”

谢灵运《撰征赋序》：“法奇于《三略》，义秘于《六韬》。”

徐瑗《与章司空书》：“未聘《三略》，非劳六奇。”

庾信《侯莫陈道生墓志》：“独运六奇，专精《三略》。”

虞世基《讲武赋》：“九攻既决，《三略》已周。”

骆宾王《姚州破贼露布》:“《三略》训兵,五甲誓众。”

苏晋《送张说巡边诗》:“祈父万邦式,英猷《三略》传。”

卢敬《授李思敬马殷节度使制》:“究《六韬》《三略》之微,得十围五攻之要。”

韩愈《郾城夜会联句》:“军门宣一令,庙算逮《三略》。”《黄石公记》之名,后来遂为人所淡忘。

最早为《黄石公三略》作注的,是东晋末年西凉的刘昞。刘昞,字延明。《魏书·刘昞传》说:昞“注《周易》、《韩子》、《人物志》、《黄石公三略》,行于世”(《北史·刘延明传》同)。但也许是由于连年战乱,《三略》刘氏注本没能传下来。《隋书·经籍志》著录《黄石公三略》,有注云:“成氏注。”成氏佚名。《三略》的成氏注本,又称《成氏三略训》,《新唐书》及《宋史》的《艺文志》均有著录,可见自唐至宋,一直有流传。

宋神宗元丰年间颁布武学必读书《武经七书》,《黄石公三略》也被编入。

本书以上海涵芬楼影印宋本《武经七书》中的《黄石公三略》为底本,遇字有可疑处,校以金人施子美《武经七书讲义》,明代刘寅《武经七书直解》,清朝朱墉《武经七书汇解》。

唐书文

上　　略

1.1　夫主将之法，务擥英雄之心[①]，赏禄有功，通志于众。故与众同好靡不成，与众同恶靡不倾。治国安家，得人也；亡国破家，失人也。含气之类咸愿得其志[②]。

【注释】

①擥：同“揽”。　②含气之类：指人。《汉书·贾捐之传》：“臣闻尧舜，圣之盛也，……故君臣歌德，含气之物，各得其宜。”谓人各得其宜。陶弘景《本草序》：“岐黄彭扁，振扬辅导，恩流含气。”“含气”也指人。

【译文】

主将的方法，务必收揽英雄的心，赏赐禄位给有功的人，将自己的意志贯通于众。所以与众人一条心就没有办不成的事，与众人同仇敌忾就没有倾覆不了的敌人。国治家安，是由于得了人；国亡家破，是由于失了人。人都是愿意实现自己的志向的。

【段意】

本段讲述主将要想成事倾敌，治国安家，必须得人。如何得人，又分为三个层次：第一个层次是收揽英雄之心，所谓英雄，据下文可知，就是指智士和义士。第二个层次是赏赐禄位给有功之人，这是收揽英雄之心的一个重要手段。第三个层次是“通志于众”，与众同好恶。这三条都做到了，就称之为“得人”。反之，就是“失人”。

1.2　《军谶》曰[①]：“柔能制刚，弱能制强。”柔者德也，刚者贼也[②]，弱者人之所助，强者怨之所攻。柔有所设，刚有所施，弱有所用，强有所加，兼此四者而制其宜。端末未见，人莫能知。天地神明，与物推移，变动无常。因敌转化，不为事先，动而辄随。故能图制无疆，扶成天威[③]，匡正八极[④]，密定九夷[⑤]。如此谋者，为帝王师。故曰,莫不贪强,鲜能守微[6];若能守微,乃保其生。圣人存之,动应事机,舒之弥四海,卷之不盈怀,居之不以家宅,守之不以城郭,藏之胸臆,而敌国服。

《军谶》曰:"能柔能刚,其国弥光;能弱能强,其国弥彰。纯柔纯弱,其国必削;纯刚纯强,其国必亡。"

【注释】

①《军谶》:古代兵书,唐杜牧为《孙子兵法》作注,曾加以引用,见《六韬译注》6.9.2 注①,可见唐时尚存,后即失传。 ②贼:伤害;引申为祸害。《老子》六十五章:"故以智治国,国之贼;不以智治国,国之福。" ③天威:这里指帝王的威严。《左传·僖公九年》记周王使宰孔赐齐桓公胙,宰孔传王命说,因齐侯年老,可不必下拜。齐侯即说:"天威不违颜咫尺……敢不下拜!" ④八极:八方极远的地方。《淮南子·地形训》:"天地之间,九州八极。……九州之外,乃有八殥。……八殥之外,而有八纮。……八纮之外,乃有八极。"此处以八极指代天下。 ⑤九夷:《后汉书·东夷传》:"夷有九种,曰畎夷、于夷、方夷、黄夷、白夷、赤夷、玄夷、风夷、阳夷。"《论语·子罕》:"子欲居九夷。"邢昺疏除引上《后汉书·东夷传》之说外,又引另一说曰:"一曰玄菟,二曰乐浪,三曰高丽,四曰满饰,五曰凫臾,六曰索家,七曰东屠,八曰倭人,九曰天鄙。" ⑥守微:守,遵守,奉行;微,精妙之理,指"柔能制刚,弱能制强",要柔、刚、弱、强"兼此四者而制其宜"。

【译文】

《军谶》说:"柔能制服刚,弱能制服强。"柔是一种美德,刚是一种祸害,弱者是人们帮助的对象,强者是怨恨的人攻击的对象。柔有设置之处,刚有施行之处,弱有有用之处,强有施加之处,这四种兼备就能因事制宜。事情的始末还没有显现,人们就不能认识它。天地神明,是随着事物的推移而变动无常的。要根据敌情而转变,不要先采取行动,敌人动就跟随着。所以能图谋制胜,无所限制,扶助帝王建立威严,匡正天下,安定九夷。像这样的谋士,就能成为帝王的老师。所以说,没有不好强的,很少有奉行精妙之理的;如果能奉行精妙之理,就可以保全自己的性命。圣人掌握了它,就能适应事情的机会而行动,展开它弥漫四海,卷起来不满怀抱,安置它不用家宅,保护它不用城郭,藏在心中,便能制服敌国。

《军谶》说:"能柔能刚,那个国家就更加光明;能弱能强,那个国家就更加显扬。单纯地柔和弱,那个国家必定削弱;单纯地刚和强,那个国家必定灭亡。"

【段意】

本段引述《军谶》论柔弱和刚强的关系而加以发挥。《军谶》"柔能制刚,弱能制强"二句,与老子"柔弱制刚强"(《老子》三十六章)的思想是一致的,但它与老子“守柔曰强”(《老子》五十二章)不同的是,它认为治国“纯刚纯强”固然要失败,“纯柔纯弱”也是不行的,必须要“能柔能刚”、“能弱能强”才能图谋制胜。本篇根据《军谶》的这一思想,以内刚而外柔,实强而示弱为圣人所“守”之“微”,提出“不为事先”,后发制人的策略。

1.3 夫为国之道,恃贤与民。信贤如腹心,使民如四肢,则策无遗①。所适如支体相随②,骨节相救,天道自然③,其巧无间。军国之要,察民心,施百务。危者安之,惧者欢之,叛者还之,冤者原之④,诉者察之,卑者贵之,强者抑之,敌者残之⑤,贪者丰之,欲者使之,畏者隐之,谋者近之,谗者覆之⑥,毁者复之⑦,反者废之⑧,横者挫之,满者损之,归者招之,服者居之,降者脱之⑨。获固守之,获厄塞之,获难屯之,获城割之,获地裂之,获财散之。敌动伺之,敌近备之,敌强下之,敌佚去之,敌陵待之,敌暴绥之⑩,敌悖义之,敌睦携之⑪。顺举挫之,因势破之,放言过之,四网罗之。得而勿有,居而弗守⑫,拔而勿久,立而勿取,为者则己,有者则士,焉知利之所在!彼为诸侯,己为天子,使城自保,令士自取。

【注释】

①策:谋略。 ②支:同“肢”。 ③天道自然:《老子》二十五章:“人法地,地法天,天法道,道法自然。”道家认为天道无为而自然。 ④原之:恢复原状,指平反昭雪。 ⑤残:消灭。《战国策·中山策》:“魏文侯欲残中山。” ⑥覆:倾覆。 ⑦复:报复,惩罚。 ⑧废:废弃,毁坏;这里指诛杀。 ⑨脱:解脱;指宽大处理,赦免。 ⑩绥:安抚。 ⑪携:离。《韩非子·亡征》:“国携者,可亡也。” ⑫居:储存。

【译文】

治国之道,在于依靠贤士与民众。信任贤士如同心腹,使用民众如同手足,那么谋略就没有失误的。所到之处好像肢体相随,骨节相护,自然得有似天道,巧妙得没有间隙。治军治国的关键,在于体察民心,施行各种措施。使危难者得到安抚,使心存疑惧的人高兴,使叛离的人归还,使蒙受冤屈的人昭雪,使申诉人的问题得以查清,使地位卑下的人尊贵,使豪强受到抑制,使敌对的人灭亡,使贪财的人满足,使想要功名的人得任用,使畏惧的人隐匿起来,使有谋略的人接近君王,使谗言的人倒台,使低毁他人的人遭到惩罚,使谋反的人受诛杀,使横暴的人受挫折,使骄傲的人遭损害,使归顺的人受招抚,使被征服的人有住所,使投降的人获赦免。得到坚固的地方要把守好它,得到险隘的地方要阻塞住它,得到难攻的地方要驻兵屯守它,得到城邑要分赐掉它,得到土地要分封掉它,得到钱财要分散掉它。敌人行动时侦察他,敌人接近时戒备他,敌人强大时退让他,敌人以逸待劳时避开他,敌人来犯时严阵以待他,敌人暴虐时安抚他的民众,敌人背理时用正义声讨他,敌人和睦时离间他。顺应敌人的举动挫败他,依据敌人的形势击破他,放出舆论来误导他,四面包围来捕获他。得到了不据为己有,储存的财物不保留,夺取城池不要太久,立其国人为君而不自己谋取,决策的是自己,拥有的是将士,哪知这止是利之所在!他们做诸侯,自己做天子,使他们各自保住城邑,各自征收赋税。

【段意】

本段虽然说的是"为国之道"、"军国之要",实际上讲述的是平定天下的方针政策。一是依靠什么人的问题,明确提出依靠贤士,依靠民众。二是对各种各类人的政策,核心问题是团结大多数以孤立敌对势力。三是军事上的战略策略。四是得天下过程中的分封政策。

1.4 世能祖祖①,鲜能下下②。祖祖为亲,下下为君。下下者,务耕桑不夺其时,薄赋税不匮其财③,罕徭役不使其劳,则国富而家娭④,然后选士以司牧之。夫所谓士者,英雄也。故曰,罗其英雄,则敌国穷。英雄者,国之干;庶民者,国之本。得其干,收其本,则政行而无怨。

【注释】

①祖祖:尊崇祖先。 ②下下:爱护民众。 ③薄:原误作"薄",《武经七书讲义》据文意改,从之。 ④娭:嬉戏,玩乐。

【译文】

世上的人都能尊崇祖先,很少有人能爱护民众。尊崇祖先只是宗族之亲,爱护民众才是为君之道。爱护民众,就是致力于农耕蚕桑不侵占农时,减轻赋税不使民众财用匮乏,减少徭役不使民众疲劳,这样,就能国富而家乐,然后选择贤士来统治他们。所谓贤士,就是英雄。所以说,收罗了敌国的英雄,敌国就会困窘。英雄,是国家的主干;民众,是国家的根本。获得了主干,收取了根本,政令就能通行而没有怨言了。

【段意】

本段讲述两层意思:第一层是强调不夺农时,轻徭薄赋的重要性,第二层是强调英雄是"国之干",庶民是"国之本",既要"得其干",也要"收其本",还要通过

“国之干”去统治“国之本”。

1.5 夫用兵之要，在崇礼而重禄。礼崇则智士至，禄重则义士轻死。故禄贤不爱财，赏功不逾时，则下力并而敌国削。夫用人之道，尊以爵，赡以财，则士自来；接以礼，励以义，则士死之。夫将帅者，必与士卒同滋味而共安危，敌乃可加，故兵有全胜，敌有全囚①。昔者良将之用兵，有馈箪醪者②，使投诸河与士卒同流而饮③。夫一箪之醪不能味一河之水，而三军之士思为致死者，以滋味之及己也。《军谶》曰：“军井未达，将不言渴；军幕未办，将不言倦；军灶未炊，将不言饥。冬不服裘，夏不操扇，雨不张盖，是谓将礼④。”与之安，与之危，故其众可合而不可离，可用而不可疲，以其恩素蓄，谋素和也。故曰，蓄恩不倦，以一取万⑤。

【注释】

①囚：原误作“因”，《武经七书讲义》据文意改，从之。 ②箪：瓢，“蠡”的方言字。《方言》五：“蠡，陈、楚、宋、卫之间或谓之箪。”蠡即瓠瓢。一说，通“觯”，古酒器，圆腹侈口，圈足，可容三升。 ③使投诸河与士卒同流而饮：《吕氏春秋·顺民》：“越王苦会稽之耻，……下养百姓以来其心，有甘脆，不足分，弗敢食，有酒，流之江，与民同之。” ④冬不服裘……是谓将礼：《六韬·龙韬·励军》：“冬不服裘，夏不操扇，雨不张盖，名曰礼将。”又“军幕未办，将不言倦；军灶未炊，将不言饥”，《励军》中也有类似表达。 ⑤以一取万：一，指将帅；万，指士兵。

【译文】

用兵的关键，在于使礼节隆重而俸禄优厚。礼节隆重，智谋之士就会到来；俸禄优厚，义士就会轻死效力。所以给贤士俸禄不要吝惜钱财，奖赏有功的人不要超过一定的时间，这样部下就会同心合力而敌国就会削弱了。用人之道，用封爵来尊重他，用财物来供养他，士就会自行到来；用礼节来接待他，用大义来激励他，士就会以死相报。当将帅的，必须与士兵同甘苦，共安危，才可以超越敌人，这样军队才有全胜，敌人才能全部俘获。从前良将用兵，有送他一瓢酒的，他派人倒在河里与士兵同流而饮。一瓢酒不能使一河水都有酒味，而三军之士想要为他效死，是因为他与自己同甘苦。《军谶》说：“军井没有打好，将帅不说口渴；军帐没有张好，将帅不说疲倦；军灶没有做好饭，将帅不说饥饿。冬天不穿皮衣，夏天不拿扇子，雨天不张伞，这就叫将帅的礼节。”与士兵共安乐，与士兵同危难，所以他的部下能统一而不会离散，能使用而不会疲劳，因为恩惠是平素就积累的，思想是平素就一致的。所以说,不断地积累恩惠,一个将帅就能取得万人的心。

【段意】

本段是1.1的具体化,用"崇礼"和"重禄"使"智士至"、"义士轻死",就是"攀英雄之心";"与士卒同滋味而共安危",就是"通志于众"。"蓄恩不倦,以一取万",就是"得人"。两段宜参读。

1.6 《军谶》曰:"将之所以为威者,号令也;战之所以全胜者,军政也;士之所以轻战者,用命也。"故将无还令,赏罚必信,如天如地,乃可御人;士卒用命,乃可越境。夫统军持势者,将也;制胜破敌者,众也。故乱将不可使保军①,乖众不可使伐人。攻城则不拔,图邑则不废②,二者无功,则士力疲弊。士力疲弊,则将孤众悖,以守则不固,以战则奔北,是谓老兵。兵老则将威不行,将无威则士卒轻刑,士卒轻刑则军失伍③,军失伍则士卒逃亡,士卒逃亡则敌乘利,敌乘利则军必丧。

【注释】

①乱将:乱,指没有法度。乱将是治军没有法度的将领。 ②邑:这里指诸侯国。《左传·桓公二十一年》:"日虞四邑之至也。"杜预注:"四邑,随、绞、州、蓼也。"皆国名。 ③失伍:伍,古代军队的最小编组单位,《周礼·夏官·序》:"五人为伍,伍皆有长。"失伍,形容军队陷入混乱。

【译文】

《军谶》说:"将帅之所以有威信,是因为号令严明;打仗之所以全盘取胜,是因为军政好;士兵之所以不怕打仗,是因为服从命令。"所以将帅没有收回的命令,赏罚一定要讲信用,像天地那样不欺人,才可统御众人;士兵服从命令,才可越境出战。统率军队把握形势的是将帅,夺取胜利打败敌人的是士兵。所以治军没有法度的将帅不可让他保有军队,背戾不和谐的士兵不可让他攻伐敌人。攻城攻不下,灭国灭不成,二者都无功效,那么兵力就疲弊了。兵力疲弊,将帅就孤立,士兵就不听指挥,用来守卫就不会巩固,用来攻战就会败逃,这就叫暮气沉沉的军队。军队暮气沉沉,将帅的威信就不行;将帅没有威信,士兵就不怕刑罚;士兵不怕刑罚,军队就要混乱;军队一混乱,士兵就要逃亡;士兵逃亡,敌人就要乘机进攻;敌人乘机进攻,我军就必然损丧。

【段意】

本段讲述将帅要以令出必行、赏罚必信来树立威信,与此相辅相成的另一面就是士兵要服从命令。没有这二者,军队就要垮台。

1.7 《军谶》曰:"良将之统军也,恕己而治人[①]。推惠施恩,士力日新。战如风发,攻如河决。故其众可望而不可当,可下而不可胜。以身先人,故其兵为天下雄。"

【注释】

①恕:原作"怨",于文意规模格局太小,义不顺,《武经七书讲义》改为"恕",以为系形近而误,从之。《论语·卫灵公》:"子贡问曰:'有一言而可以终身行之者乎?'子曰:'其恕乎,己所不欲,勿施于人。'"即推己及人的意思。

【译文】

《军谶》说:"好的将帅统领军队,用推己及人的精神管理士兵。施加恩惠,军队的战斗力日日更新。作战如飙风突起,进攻如江河决堤。所以,他的军队使敌人可以观望而不可抵挡,可以投降而不可取胜。将帅身先士卒,所以他的军队能成为天下的雄师。"

【段意】

本段讲述良将治军推己及人,身先士卒,所以他的军队能称雄天下。

1.8 《军谶》曰:"军以赏为表,以罚为里。赏罚明,则将威行;官人得[①],则士卒服;所任贤,则敌国震。"

《军谶》曰:"贤者所适,其前无敌。"故士可下而不可骄,将可乐而不可忧,谋可深而不可疑。士骄则下不顺,将忧则内外不相信[②],谋疑则敌国奋。以此攻伐则致乱。夫将者,国之命也,将能致胜,则国家安定。

【注释】

①官人:官吏。《荀子·强国》:"官人益秩,庶人益禄。"杨倞注:"官人,群吏也;庶人,士卒也。" ②内外:内,朝廷,国君;外,军队,将帅。

【译文】

《军谶》说:"军队以赏、罚相为表里,不可偏废。赏罚严明,将帅的威信就建立起来;官吏得力,士兵就心服;任用的人德才兼备,敌国就会震动。"

《军谶》说:"贤人到达的国家,它的面前没有敌手。"所以对士只可谦恭而不可傲慢,对将领只可使他快乐而不可使他担忧,对谋略只可深思而不可怀疑不定。对士骄慢下级就不顺服,使将领担忧内外就互不信任,对谋略怀疑不定敌国就会振作起来。以这样的情况去进攻讨伐就会导致祸乱。将领，是国家的命脉，将领能克敌致胜，国家就安定。

【段意】

本段虽然也提到了赏罚严明等问题，但重点是讲述要任用贤能的人为将领，并对将领充分信任，不使他有任何担忧；对将领的谋略，只可深思不可怀疑。最后归结到“将者，国之命也”这个论断上来。

1.9 《军谶》曰：“将能清，能静，能平，能整，能受谏，能听讼，能纳人，能采言，能知国俗，能图山川，能表险难，能制军权。”故曰，仁贤之智，圣明之虑，负薪之言[①]，廊庙之语[②]，兴衰之事，将所宜闻。将者能思士如渴，则策从焉。夫将拒谏，则英雄散；策不从，则谋士叛；善恶同，则功臣倦；专己，则下归咎；自伐，则下少功；信谗，则众离心；贪财，则奸不禁；内顾[③]，则士卒淫。将有一，则众不服；有二，则军无式；有三，则下奔北；有四，则祸及国。

【注释】

①负薪：背柴草；指卑贱的人。《后汉书·班固传》：“采择狂夫之言，不逆负薪之议。”李贤注：“负薪，贱人也。” ②廊庙：廊，指宫殿四周的走廊；庙，庙堂。二者都是古代帝王和大臣议论政事的地方，因以指代朝廷。《战国策·秦策》：“今君相秦，计不下席，谋不出廊庙，坐制诸侯。” ③内顾：思念妻妾。《汉书·酷吏传·杨仆传》：“失期内顾。”颜师古注：“内顾，言思妻妾也。”

【译文】

《军谶》说：“将领要能清廉，能镇静，能公正，能严整，能接受规劝，能明断是非，能容纳人才，能采纳意见，能了解各国风俗，能绘制山川地图，能说出险阻关隘，能控制军队权柄。”所以说，仁贤者的智谋，圣明者的思虑，卑贱者的言谈，朝廷上的议论，兴衰存亡的史事，都是将领应该知道的。将领能思士如渴，就会听从他们的计策。将领如果拒绝劝谏，英雄就会散去；如果不听从计策，谋士就会叛离；如果好坏不分，功臣就会消极；如果固执己见，下面就会归咎于他；如果自夸，下面就会少建功业；如果听信谗言，众人就会离心离德；如果贪财，坏事就禁止不了；如果想妻妾，士兵就会淫乱。将领有了一条，众人就会不服；有了两条，军队就会没有规矩；有了三条，士兵就会败逃；有了四条，国家就要遭殃。

【段意】

本段讲述将领应有的十二种修养和不可以犯的八种失误。

1.10　《军谶》曰："将谋欲密，士众欲一，攻敌欲疾。"将谋密，则奸心闭；士众一，则军心结；攻敌疾，则备不及设。军有此三者，则计不夺。将谋泄，则军无势；外窥内，则祸不制；财入营，则众奸会。将有此三者，军必败。将无虑，则谋士去；将无勇，则吏士恐；将妄动，则军不重；将迁怒，则一军惧。《军谶》曰："虑也，勇也，将之所重；动也，怒也[①]，将之所用。"此四者，将之明诫也[②]。

【注释】

①怒：这里把怒作为将帅所用的一种手段来看待。《六韬·文韬·上贤》："可怒而不怒，奸臣乃作。"　②诫：原作："诚"，费解，《武经七书讲义》据文意改为字形相近的"诫"，以为底本系形近而误，从之。

【译文】

《军谶》说："将帅的谋略要保密，士兵的思想要统一，对敌人的攻击要迅速。"将帅的计谋秘密，奸细的心就死了；士兵的思想保持了统一，军心就团结了；攻击敌人迅速，敌人就来不及设防了。军队有了这三条，计划就不会有失误了。将帅的计谋泄露，军队就没有了有利的形势；外敌窥探到我内部情况，祸患就不能制止；财货进入军营，各种坏事就会出现。将帅有这三种，军队必然失败。将帅不深思熟虑，谋士就会离开；将帅不勇敢，官兵就会惶恐；将帅轻举妄动，军队就不稳定；将帅迁怒于人，全军都会畏惧。《军谶》说："深思熟虑，勇敢果断，是将帅注重的素养；当动而动，当怒而怒，是将帅运用的手段。"这四点，是对将帅明确的告诫。

【段意】

本段继续讲述将帅应该做到的三条和应该防止的三条，以及对将帅四点明确的告诫。

1.11　《军谶》曰："军无财[①]，士不来；军无赏，士不往。"《军谶》曰："香饵之下，必有悬鱼；重赏之下，必有死夫。"故礼者，士之所归；赏者，士之所死。招其所归，示其所死，则所求者至。故礼而后悔者，士不止；赏而后悔者，士不使。礼赏不倦，则士争死。

【注释】

①财：资财；与上段"财入营，则众奸会"的"财"不是一个概念。"财入营"，指财货贿赂入营；这里的"财"，则指军队所掌握的资财。

【译文】

《军谶》说："军队没有资财，士就不来；军队没有奖赏，士就不往。"《军谶》说：

“香饵之下,必有挂在钩上的鱼;重赏之下,必有不怕死的人。”所以礼,是士归附的原因;赏,是士效死的原因。用使他归附的东西招引他,用使他效死的东西明示他,那么,需求的人就会到来。所以,以礼相待而后又后悔了的,士就不愿留下;奖赏了而后又后悔的,士就不愿受使唤。如果礼待、奖赏始终不懈,那么士就能争着效死。

【段意】

本段讲述用“礼”鼓励士归附,用“赏”鼓励士效死。

1.12 《军谶》曰:“兴师之国,务先隆恩;攻取之国,务先养民[①]。”以寡胜众者,恩也;以弱胜强者,民也。故良将之养士,不易于身[②];故能使三军如一心,则其胜可全。

【注释】

①养民:古指轻徭薄赋,与民休息,使人口繁殖,物资积聚。 ②易:改变。

【译文】

《军谶》说:“起兵作战的国家,务必先要多加恩惠;攻取它国的国家,务必先让民众休养生息。以寡胜众,是由于恩惠;以弱胜强,是由于民众。所以良将养士,和对待自己没有什么不同;所以能使三军团结像一条心,就可取得全面胜利。

【段意】

本段讲述战前一定要爱民养民,战时才能取胜。因为兵即民,兵员、军赋,都来自民众。

1.13 《军谶》曰:“用兵之要,必先察敌情:视其仓库,度其粮食,卜其强弱,察其天地,伺其空隙。敌国无军旅之难而运粮者,虚也;民菜色者[①],穷也。千里馈粮,民有饥色;樵苏后爨,师不宿饱[②]。夫运粮千里[③],无一年之食;二千里,无二年之食;三千里,无三年之食:是谓国虚[④]。国虚则民贫,民贫则上下不亲。敌攻其外,民盗其内,是谓必溃。”

【注释】

①菜色:饥饿之色。《汉书·元帝纪》初元二年:“岁比灾害,民有菜色。”李贤注:“五谷不收,人但食菜,故其颜色变恶。” ②“千里馈粮”四句:《史记·淮阴侯列传》记广武君李左车说赵王成安君陈馀时引此四句说:“臣闻千里餽粮,士有饥色;樵苏后爨,师不宿饱。”“馈”与“餽”同,“民”作“士”,可见是指士兵有饥色。饥色,同“菜色”,饥饿的脸色。《孟子·梁惠王上》:“民有饥色,野有饿莩。”樵苏,

打柴割草。爨，炊。宿饱，谓晚餐吃得多，至第二天早晨仍感到饱。 ③千：原作“百”，《武经七书汇解》据文意及下文改，从之。 ④谓：原无此字，《武经七书讲义》据文意及下文增，从之。

【译文】

《军谶》说：“用兵的关键，一定先要侦察敌情：看他的仓库，估计他的粮食，判断他的强弱，查明他的天时地利，等他出现空隙。敌国没有战争上的急难而运粮食，是国内空虚；民众有饥饿之色，是国家贫穷。从千里之外运送粮食，民众就要挨饿；现打柴割草烧饭，军队就不会吃饱。运粮一千里，缺少一年的粮食；运粮二千里，缺少二年的粮食；运粮三千里，缺少三年的粮食：这就叫国家空虚。国家空虚，民众就贫困；民众贫困，上下就不亲近。敌人在外部进攻，民众在内部盗窃，这就叫一定崩溃。”

【段意】

本段讲述用兵“必先察敌情”，但着重讲的是了解敌国的粮食储备情况和军粮供应情况，充分证明了常说的老话“民以食为天”，“手中有粮，心中不慌”的正确性。

1.14 《军谶》曰：“上行虐则下急刻①，赋敛重数，刑罚无极，民相残贼：是谓亡国。”

【注释】

①急刻：严峻苛刻。《汉书·食货志下》：“义纵、尹齐、王温舒等用急刻为九卿。”

【译文】

《军谶》说：“君主行为暴虐，臣下就严峻苛刻，赋税繁重，刑罚不止，民众相互残杀，这就叫做亡国。”

【段意】

从本段起，连续十段引《军谶》语，概括了十种危害国家的政治上的弊病。本段讲述苛政可以激起民变，导致亡国。

1.15 《军谶》曰：“内贪外廉，诈誉取名；窃公为恩，令上下昏①；饰躬正颜，以获高官：是谓盗端。”

【注释】

①昏：惑乱。《吕氏春秋·诬徒》：“昏于小利，惑于嗜欲。”高诱注：“昏，迷；惑，悖也。”

【译文】

《军谶》说:“实际贪污,外表廉洁,以骗取名誉;盗用公爵公禄推行个人恩惠,使上下惑乱;把自己装扮成正派面孔,以获取高官:这就叫窃国的开端。”

【段意】

本段勾勒了一个伪君子的形象,认为他的所作所为是窃国的开端。

1.16 《军谶》曰:“群吏朋党,各进所亲;招举奸枉[1],排挫仁贤[2];背公立私,同位相讪[3]:是谓乱源。”

【注释】

①枉:不正,邪恶。 ②挫:打击。 ③讪:毁谤,讥刺。

【译文】

《军谶》说:“官吏们结党营私,各自引进亲信;招引举荐奸邪之辈,排斥打击仁人贤士;背着朝廷树立私恩,同事之间互相毁谤:这叫祸乱之源。”

【段意】

本段讲述“朋党”是乱之源。

1.17 《军谶》曰:“强宗聚奸[1],无位而尊,威无不震;葛藟相连[2],种德立恩,夺在权位;侵侮下民,国内哗喧,臣蔽不言:是谓乱根。”

【注释】

①强宗:封建社会中的豪门,有权势之家。《后汉书·郭伋传》:“更始新立,……强宗右姓,各拥众保营,莫肯先附。”右姓,谓大族。 ②葛藟:蔓生植物名,葡萄科,又名千岁藟。以其似葛,故名葛藟。

【译文】

《军谶》说:“豪门大族聚结坏人,虽无爵位却很显赫,威势令人无不震恐;互相勾结如葛藟相连,树立个人恩德,夺取当政权位;欺压民众,国内舆论哗然,臣下却蒙蔽君主,不说真相:这叫祸乱之根。”

【段意】

本段讲述“强宗”是乱之根。

1.18 《军谶》曰:“世世作奸,侵盗县官[1];进退求便,委曲弄文,以危其君:是谓国奸。”

【注释】

①县官:指天子。《史记·绛侯周勃世家》:“庸(傭)知其(条侯周亚夫之子)盗卖县官器,怒而上变告子,事连污条侯。”司马贞《索隐》:“县官,谓天子也。所以谓国家为县官者,《夏官》王畿内县即国都也,王者官天下,故曰县官也。”

【译文】

《军谶》说:“世世代代为非作歹,侵夺天子权威;一进一退只求对己有利,宛转曲折地玩弄文笔,以危害君主:这叫国之奸贼。”

【段意】

本段揭露“侵盗县官”、危害君主的国奸。

1.19 《军谶》曰:“吏多民寡,尊卑相若,强弱相虏①;莫适禁御,延及君子,国受其咎。”

【注释】

①强弱相虏:虏,掳掠,即抢劫人和财物。此句句法承上句用“相”,实际上强者能掠夺弱者,弱者不能掠夺强者。

【译文】

《军谶》说:“官多民少,尊卑不分,强大的掠夺弱小的;如不及时制止,必将连累到有德的人,国家也要受到灾祸。”

【段意】

本段揭露官吏不论大小,都以强凌弱,必将祸及君子和国家。

1.20 《军谶》曰:“善善不进,恶恶不退,贤者隐蔽,不肖在位,国受其害。”

【译文】

《军谶》说:“喜爱好人而不进用,厌恶坏人而不斥退,贤能之士隐居,不才之人当权,国家就要受到危害。”

【段意】

本段批评君主不能进善退恶,国将受害。

1.21 《军谶》曰:“枝叶强大①,比周居势②,卑贱陵贵③,久而益大,上不忍废,国受其败。”

【注释】

①枝叶：比喻同宗旁支。《左传·文公七年》："公族，公室之枝叶也，若去之，则本根无所庇阴矣。"这里指皇室的旁支。　②比周：结党营私。《荀子·臣道》："朋党比周，以环主图私为务。"　③卑贱陵贵：卑贱，指皇室的旁支；贵，指皇室。

【译文】

《军谶》说："皇室旁支强大，结党营私居于权势，卑贱的侵凌高贵的，时间越久势力越大，天子却不忍废除他，国家就会遭受败坏。"

【段意】

本段讲述皇室旁支过于强大，国将遭其败坏。

1.22　《军谶》曰："佞臣在上，一军皆讼[①]。引威自与[②]，动违于众。无进无退，苟然取容[③]。专任自己，举措伐功[④]。诽谤盛德，诬述庸庸。无善无恶，皆与己同。稽留行事，命令不通。造作奇政，变古易常。君用佞人，必受祸殃。"

【注释】

①讼：责备。《论语·公冶长》："吾未见能见其过而内自讼者也。"　②引威自与：把威风拉过来给自己，意译作"拉大旗作虎皮"。　③取容：曲从讨好，取悦于人。《吕氏春秋·任数》："人臣以不争持位，以听从取容。"　④伐功：夸耀自己的功劳。

【译文】

《军谶》说："奸臣居于上位，全军都要责备。他们拉别人的威风给自己造声势，动辄违反众意。不论进退，苟且行事讨取上级喜欢。只信任自己，一有举动就夸耀自己的功劳。诽谤德高的人，诬蔑他们平庸无能。没有善恶之分，一切都要与自己意见相同。扣压公文，使上令不能下达。政治上标新立异，变更古制，改换常规。君主任用这种奸佞之人，必定遭受祸殃。"

【段意】

本段讲述佞臣的种种劣迹及其危害。

1.23　《军谶》曰："奸雄相称，障蔽主明。毁誉并兴，壅塞主聪。各阿所私[①]，令主失忠。"

【注释】

①私：原作“以”，《武经七书讲义》据文意改，从之。

【译文】

《军谶》说：“奸雄相互标榜，蒙蔽了君主的眼睛。诋毁与吹捧一同兴起，堵塞了君主的耳朵。各自偏袒自己的亲信，使君主失去忠臣。”

【段意】

本段揭露的“奸雄”，还只是一般意义上的奸臣，而不是后世曹操式的“挟天子以令诸侯”的奸雄。他们人数不止一个，在朝中混淆视听，蒙蔽君主，“令主失忠”。

1.24　故主察异言，乃睹其萌。主聘儒贤，奸雄乃遁。主任旧齿[①]，万事乃理。主聘岩穴[②]，士乃得实。谋及负薪，功乃可述。不失人心，德乃洋溢。

【注释】

①旧齿：有德望的老人。《三国志·吴书·陆绩传》：“虞翻旧齿名盛。”

②岩穴：指隐士。《韩非子·外储说左上》：“其君见好岩穴之士。”《三国志·吴书·陆凯传》：“惠及负薪，躬请岩穴，广采博察，以成其谋。”

【译文】

所以君主明察异端的言论，才能看出祸乱的萌芽。君主聘请有学问的贤人，奸雄才会逃避。君主任用有德望的老人，万事才能治理。君主请出隐居在深山里的人，才能得到真才实学的士。君主谋事能听取卑残人的意见，才能有可以记述的功业。君主不失掉人心，德政才能广泛传播。

【段意】

本段针对上述十种政治上的弊病，为君主提出对策。

中　　略

2.1　夫三皇无言而化流四海①，故天下无所归功。

帝者②，体天则地，有言有令，而天下太平。君臣让功，四海化行，百姓不知其所以然。故使臣不待礼赏有功，美而无害。

王者③，制人以道，降心服志；设矩备衰，四海会同④，王职不废⑤。虽有甲兵之备，而无斗战之患。君无疑于臣，臣无疑于主。国定主安，臣以义退，亦能美而无害。

霸者⑥，制士以权，结士以信，使士以赏。信衰则士疏，赏亏则士不用命。

【注释】

①三皇：传说中远古的帝王，说法不一，下面列举七种：1. 天皇、地皇、泰皇（《史记·秦始皇本纪》）；2. 天皇、地皇、人皇（《史记·补三皇本纪》引《河图》、《三五历》）；3. 伏羲、女娲、神农（《风俗通义·皇霸》引《春秋纬运斗枢》）；4. 燧人、伏羲、神农（《风俗通义·皇霸》引《礼纬含文嘉》）；5. 伏羲、神农、祝融（《白虎通·号》）；6. 伏羲、神农、共工（《通鉴外纪》）；7. 伏羲、神农、黄帝（《尚书序》、《帝王世纪》）。　②帝：指传说中的五帝，说法不一，下面列举四种：1. 黄帝、颛顼、帝喾、尧、舜（《世本》、《大戴礼·五帝德》、《史记·五帝本纪》）；2. 太皞（伏羲）、炎帝（神农）、黄帝、少皞、颛顼（《礼记·月令》）；3. 伏羲（太皞）、神农（炎帝）、黄帝、尧、舜（《易·系辞下》）；4. 少昊、颛顼、帝辛（帝喾）、尧、舜（《尚书序）、（帝王世纪》）。　③王：指三王，即夏、商、周三代的创始人夏禹、商汤、周文王（一说将周文王、周武王并为一王）。　④会同：古代诸侯朝见天子。《周礼·春官·大宗伯》："时见曰会，殷见曰同。"郑玄注："时见者，言无常期；殷，犹众也。"也就是说，诸侯有事即朝见叫会，众诸侯同时朝见叫同，合在一起说，泛指朝见。　⑤王职：朝廷的官职。《左传·定公四年》："取于有阎之土，以供王职。"　⑥霸：指春秋

五霸，说法不一，下面列举三种：1. 齐桓公、晋文公、秦穆公、楚庄王、吴王阖闾（《白虎通·号》）；2. 齐桓公、晋文公、秦穆公、宋襄公、楚庄王（《孟子·告子下》赵岐注）；3. 齐桓公、晋文公、楚庄王、吴王阖闾、赵王勾践（《荀子·王霸》杨倞注）。

【译文】

三皇没有言论而教化流行四海，所以天下人都不知道归功于谁。

五帝体察天效法地，有言论、有命令，从而天下太平。君臣有功互相推让，四海之内教化传布，百姓不知出现这样局面的原因。所以使用臣下不必依靠礼请和奖赏有功，君臣关系就能和美而没有妨碍。

三王用道制约人，使人心悦诚服；设立规矩防备世道衰退，使天下诸侯前来朝见，朝廷的官职不废。虽有甲胄兵器准备，却没有战争的祸患。君主对臣下没有怀疑，臣下对君主也没有怀疑。国家稳定君主平安，臣下以大义身退，君臣之间也能和美而没有妨碍。

五霸用权术制约士，用信任结交士，用奖赏使用士。信任减弱士就会疏远，奖赏减少士就会不服从命令。

【段意】

本段描述了三皇、五帝、三王、五霸的政治情况，具有明显的厚古薄今色彩。按照他的说法，时代越古越理想，社会越发展人心越不古，离理想社会越远，显然是一种倒退的理论。

2.2 《军势》曰①："出军行师，将在自专；进退内御，则功难成。"

【注释】

①《军势》：古代兵书，已失传。

【译文】

《军势》说："出兵行军，将帅军务在于自行决断；如果一进一退都由朝廷控制，那么战功难成。"

【段意】

本段说的是"将在外君命有所不受"的道理。

2.3 《军势》曰："使智、使勇、使贪、使愚：智者乐立其功，勇者好行其志，贪者邀趋其利①，愚者不顾其死，因其至情而用之，此军之微权也。"

【注释】

①邀趋其利：邀，求；如"邀功"即求功。趋利，意也为求利。"邀趋"叠用，有强调热衷于求利之意。

【译文】

《军势》说："使用有智谋的人，使用勇敢的人，使用贪婪的人，使用愚笨的人：有智谋的人乐于建功立业，勇敢的人喜好实现他的志向，贪婪的人热衷于求取利禄，愚笨的人不知顾惜性命，根据他们最根本的特点来使用他们，这是军中微妙的权术。"

【段意】

本段讲述要使士兵效死，就要根据他们不同的特点来使用他们。

2.4 《军势》曰："无使辩士谈说敌美①，为其惑众。无使仁者主财，为其多施而附于下。"

【注释】

①辩士：能言善辩的人。《韩诗外传》七："君子避三端：避文士之笔端，避武士之锋端，避辩士之舌端。"

【译文】

《军势》说："不要让能言善辩的人谈说敌人的好处，因为他会惑乱众人。不要让仁慈的人主管钱财，因为他会多给予钱财以附和下面。"

【段意】

本段讲的是经验之谈。不让辩士谈说敌美，不让仁者主管钱财，都是为了防止产生不利于军队的负面影响。

2.5 《军势》曰："禁巫祝①，不得为吏士卜问军之吉凶。"

【注释】

①巫祝：古代搞迷信，妄称能通鬼神、卜吉凶的人。《史记·荀卿列传》："亡国乱君相属，不遂大道而营于巫祝，信禨祥。"

【译文】

《军势》说："禁止巫祝，不准为官兵卜问军事上的吉凶。"

【段意】

本段讲述军中禁止巫祝搞迷信活动，显然也是为了防止扰乱军心。

2.6 《军势》曰："使义士不以财①。故义者不为不仁者死，智者不为暗主谋。”

【注释】

①义士:有节操的人。《左传·桓公二年》:“武王克商,迁九鼎于雒邑,义士犹或非之。”杜预注:“盖伯夷之属。”

【译文】

《军势》说:“使用有节操的人不用钱财。所以有节操的人不为不仁的人效死,聪明的人不为昏庸的君主谋划。”

【段意】

1.11 说:“军无财,士不来。”是对一般的士而言。本段则强调“使义士不以财”,两段互相补充。

2.7　主不可以无德,无德则臣叛;不可以无威,无威则失权。臣不可以无德,无德则无以事君;不可以无威,无威则国弱,威多则身蹶[①]。

【注释】

①身蹶:栽跟头。《战国策·秦策二》:“恐天下见臣尽忠而身蹶,是以杜口裹足,莫肯即秦耳。”《史记·范雎列传》采用此段,译“身蹶”为“身死”。是司马迁理解“身蹶”即为“身死”。

【译文】

君主不可以没有德行,没有德行臣下就会背叛;不可以没有威严,没有威严就会丧失权力。臣下不可以没有德行,没有德行就没有什么可以事奉君主的;不可以没有威严,没有威严国家就会衰弱,威严太盛则会栽跟头。

【段意】

本段讲述君主和臣下都需要“德”和“威”。在臣下“不可以无威”之下又补充了一句“威多则身蹶”,说明臣下的“威”是有限制的,只能在君“威”之下。

2.8　故圣王御世,观盛衰,度得失,而为之制。故诸侯二师,方伯三师,天子六师[①]。世乱,则叛逆生;王泽渴,则盟誓相诛伐。德同势敌,无以相倾,乃揽英雄之心,与众同好恶[②],然后加之以权变。故非计策无以决嫌定疑,非谲奇无以破奸息寇,非阴谋无以成功。

【注释】

①诸侯二师,方伯三师,天子六师:《周礼·夏官司马》:“凡制军,万有二千五

百人为军。王六军,次国二军,小国一军。”方伯,商、周时一方诸侯之长。如周文王曾为殷末西方之方伯,称西伯昌。《礼记·王制》:“千里之内以为御,千里之外设方伯。” ②乃揽英雄之心,与众同好恶:参1.1。

【译文】

所以圣王统治天下,观察盛衰,考虑得失,而定下制度。所以诸侯两个军,方伯三个军,天子六个军。天下混乱,就会产生叛逆;天子的恩泽竭尽,诸侯就会结盟立誓互相攻伐。德政相同势均力敌,谁也消灭不了谁,就收揽英雄的心,与众人同好恶,然后再加上权术机变。所以不用计策就无法决嫌定疑,不出奇招就不能破奸灭寇,不施阴谋就不能成功。

【段意】

本段主要讨论了乱世诸侯互相攻伐,在势均力敌的条件下谁能取胜的问题。除了重复《上略》第一段的“揽英雄之心”和“与众同好恶”两条外,又加上了“权变”、“计策”、“谲奇”和“阴谋”。

2.9 圣人体天,贤者法地①,智者师古。是故《三略》为衰世作。《上略》设礼赏,别奸雄,著成败;《中略》差德行,审权变;《下略》陈道德,察安危,明贼贤之咎。故人主深晓《上略》,则能任贤擒敌;深晓《中略》,则能御将统众;深晓《下略》,则能明盛衰之源,审治国之纪。人臣深晓《中略》,则能全功保身。夫高鸟死,良弓藏;敌国灭,谋臣亡②。亡者,非丧其身也,谓夺其威废其权也:封之于朝,极人臣之位,以显其功;中州善国,以富其家;美色珍玩,以说其心。夫人众一合而不可卒离③,威权一与而不可卒移。还师罢军,存亡之阶。故弱之以位,夺之以国,是谓霸者之略。故霸者之作,其论駮也④。存社稷罗英雄者,《中略》之势也⑤,故世主秘焉。

【注释】

①法地:效法地。《老子》二十五章:“人法地,地法天,天法道,道法自然。” ②高鸟死,良弓藏;敌国灭,谋臣亡:《史记·淮阴侯列传》:“果若人言:狡兔死,良狗烹;高鸟死,良弓藏;敌国破,谋臣亡。” ③卒:通“猝”。 ④駮:通“驳”,杂。《荀子·王霸》:“粹而王,駮而霸,无一焉而亡。”杨倞注:“駮,杂也。” ⑤势:威力。

【译文】

圣人体察天之道,贤者效法地之理,智者学习古之史。所以《三略》是为衰世而作的。《上略》设立礼赏，识别奸雄，显示成败；《中略》区别德行，研究权变；《下略》陈述道德，考察安危，说明残害贤人的罪过。所以君主精通《上略》，就能任用贤人，打败敌人；精通《中略》，就能驾驭将帅，统领士众；精通《下略》，就能明白盛衰的根源，研究治国的纲纪。臣下精通《中略》，就能保全功业和自身。高飞的鸟死了，良弓就要收藏起来；敌国灭亡了，谋臣就要灭掉。所谓灭掉，并不是消灭他们的身体，而是说剥夺他们的威势，废除他们的权力：在朝廷上封赏他们，给他们臣子中最高的爵位，来表彰他们的功劳；给予中原最好的国土，使他们的家富足；赏赐美女珍玩，愉悦他们的心。士众一经编为军队就不能仓促解散，兵权一经授予就不能马上改变。将帅结束战争率军回朝，是君主通向存或亡的阶梯。所以用爵位来削弱他们的实力，用国土来剥夺他们的兵权，这就是所谓霸者的策略。所以霸者的行为，它的理论是很复杂的。保存社稷，收罗英雄，这是《中略》的威力所在，所以历代君主都把它当作秘要。

【段意】

本段概述了《上略》、《中略》、《下略》的内容要点。着重讲述了君主在将帅“还师罢军”以后，要用爵位和封土来削弱他们的实力，剥夺他们的兵权，以保存社稷。人臣也要明白“高鸟死，良弓藏；敌国灭，谋臣亡”的道理，求得“全功保身”。

下　略

3.1　夫能扶天下之危者，则据天下之安；能除天下之忧者，则享天下之乐；能救天下之祸者，则获天下之福。故泽及于民，则贤人归之；泽及昆虫[1]，则圣人归之。贤人所归，则其国强；圣人所归，则六合同[2]。求贤以德，致圣以道。贤去，则国微；圣去，则国乖。微者危之阶，乖者亡之征。

【注释】

①昆虫：虫类的统称。《汉书·成帝纪》："君道得，则草木昆虫咸得其所。"颜师古注："昆，众也；昆虫言众虫也。又许慎《说文》云：二虫为䖵，读与昆同，谓虫之总名。两义并通。"这里，可理解为泛指万物。《荀子·富国》："然后昆虫万物生其间，可以相食养者不可胜数也。夫天地之生万物也，固有余足以食人矣。"

②六合：梁元帝《纂要》："天地四方曰六合。"《史记·秦始皇本纪》琅邪台石刻："六合之内，皇帝之土。"

【译文】

能够挽救天下危亡的，就能据有天下的安宁；能够解除天下的忧患的，就能享受天下的欢乐；能够拯救天下灾祸的，就能获得天下的幸福。所以恩泽达到民众，贤人就归附他；恩泽达到万物，圣人就归附他。贤人归附的地方，国家就会富强；圣人归附的地方，天下就会统一。求贤人要用德，求圣人要用道。贤人离去，国家就衰弱；圣人离去，国家就不和。衰弱是危险的阶梯，不和是灭亡的征兆。

【段意】

本段通过天下危安、忧乐、祸福三对矛盾的转化，提醒君主要广施恩德，普行道德，以使圣贤归附，达到国家富强，天下统一。否则，圣贤离去，必将危亡。

3.2　贤人之政，降人以体[1]；圣人之政，降人以心。体降可以图始，心降可以保终。降体以礼，降心以乐[②]。所谓乐者，非金石丝竹也[③]，谓人乐其家，谓人乐其族，谓人乐其业，谓人乐其都邑[④]，谓人乐其政令，谓人乐其道德，如此，君人者乃作乐以节之，使不失其和。故有德之君，以乐乐人；无德之君，以乐乐身。乐人者，久而长；乐身者，不久而亡。

【注释】

①降人以体：降，服。使人用身体服从，就是在行动上服从。　②降体以礼，降心以乐：《礼记·乐记》："乐由中出，礼自外作。"郑玄注："和在心也，敬在貌也。"　③金石丝竹：都是制乐器的材料，指代乐器。《礼记·乐记》："金石丝竹，乐之器也，诗，言其志也；歌，咏其声也；舞，动其容也。三者本于心，然后乐器从之。"　④都邑：都，国都；邑，京城。指代国家。

【译文】

贤人的政治，使人在行动上服从；圣人的政治，使人心悦诚服。行动服从可以共谋创业，心悦诚服可以善始善终。使人行动服从用礼，使人心悦诚服用乐。所谓乐，并不只是钟磬琴箫这些乐器，是指人人喜爱自己的家庭，指人人喜爱自己的宗族，指人人喜爱自己的职业，指人人喜爱自己的国家，指人人喜爱国家的政令，指人人喜爱社会的道德，像这样，统治民众者就制作音乐来加以调节，使人们不失和谐。所以有德的君主，用音乐来使众人快乐；无德的君主只用音乐来使自己快乐。使众人快乐的，才能长治久安；只管自己快乐的，不久就要灭亡。

【段意】

本段论礼乐的作用，特别是乐的作用，与儒家的观点接近。《礼记·乐记》说："乐也者，圣人之所乐也，而可以善民心，其感人深，其移风易俗，故先王著其教焉。"本段也说乐是圣人用来使人心悦诚服的。《礼记·乐记》又说："乐者，天地之和也；礼者，天地之序也。""乐者……所以合和父子君臣，附亲万民也。"本段也强调君主作乐的目的是"节之，使不失其和"。最终论以乐"乐人"还是"乐身"，是"久而长"还是"不久而亡"的关键，又回复到1.1"与众同好"才能"得人"，才能"治国安家"的论点上来，前后呼应。

3.3　释近谋远者，劳而无功；释远谋近者，佚而有终[①]。佚政多忠臣[②]，劳政多怨民。故曰务广地者荒[③]，务广德者强；能有其有者安，贪人之有者残[④]。残灭之政[⑤]，累世受患。造作过制[⑥]，虽成必败。

【注释】

①佚:通“逸”,安逸。 ②佚政:也就是孟子所说的“以佚道使民”。《孟子·尽心上》:“以佚道使民,虽劳不怨。”指与民休养生息的政治。 ③荒:灭亡。扬雄《太玄经·内》:“内不克妇,荒家及国。” ④残:毁灭。 ⑤残灭:残暴酷虐。《汉书·张耳传》:“秦为乱政虐刑,残灭天下。” ⑥造作过制:造作,指建造宫室园囿之类。《礼记·月令》“专而农民,毋有所使”孔颖达疏:“言在上专一女(汝)农之事,无得兴起造作,有所役使也。”过制:超过标准。造作过制,如秦兴造阿房宫之类。

【译文】

放下近的图谋远的,辛劳却无功绩;放下远的图谋近的,安逸而有结果。使民众休养生息的政治忠臣就多,使民众辛劳的政治怨民就多。所以说致力于扩张领土的败亡,致力于推广恩德的强盛;能保持自己所有的平安,贪图别人所有的毁灭。残暴酷虐的政治,好几代都要受祸害;兴造建筑超过限度,即使建成了也必将败坏。

【段意】

本段所述各点,对于秦朝的灭亡都有一定的针对性。

3.4 舍己而教人者逆,正己而教人者顺。逆者乱之招,顺者治之要。

【译文】

不先正自己而去教育别人,是反常理的;先正自己然后去教育别人,才顺常理。反常理会招致祸乱,顺常理是大治的关键。

【段意】

本段是对统治者说的。统治者能不能正己,是治还是乱的根本原因。

3.5 道、德、仁、义、礼五者一体也:道者,人之所蹈;德者,人之所得①;仁者,人之所亲;义者,人之所宜;礼者,人之所体②:不可无一焉。故夙兴夜寐,礼之制也;讨贼报仇,义之决也;恻隐之心,仁之发也;得己得人③,德之路也;使人均平,不失其所,道之化也。

【注释】

①道者,人之所蹈;德者,人之所得:这里用“蹈”释“道”,用“得”释“德”,是一种用音同、音近的字来释义的方法,称为“音训”。下文“义者,人之所宜”也是比较明显的音训。而用“亲”释“仁”,用“体”释“礼”则是用叠韵字来训释,是音

训的一种。蹈，实行。《穀梁传·隐公元年》："若隐（鲁隐公）者，可谓轻千乘之国，蹈道则未也。"　②体：规矩。《管子·君臣上》："君明，相信，五官肃，士廉，农愚，商工愿，则上下体。"尹知章注："上下各得其体也。"　③得己得人：得，通"德"，即修己之德以化人之意。

【译文】

道、德、仁、义、礼，这五者是一个整体：道，是人履行的规律；德，是人得到的修养；仁，是人相互间的亲爱；义，是人应当做的；礼，是人遵循的规矩：不能缺少一个。所以早起晚睡，一天的行动要受礼的约束；讨贼报仇，要由义来作决断；怜悯之心，是仁的发端；修己以正人，是德的途径；使人平等，各得其所，是道的教化。

【段意】

本段把儒家的伦理范畴仁、义、礼加上道家常用的概念道、德揉合到一起，作了自己的解释。

3.6　出君下臣名曰命，施于竹帛名曰令，奉而行之名曰政。夫命失，则令不行；令不行，则政不正；政不正，则道不通；道不通，则邪臣胜；邪臣胜，则主威伤。

【译文】

出于君主之口下达于臣子的叫做命，把命写在书面上叫做令，奉行命令叫做政。命错了，令就不能施行；令不能施行，那么政务就不正；政务不正，治国之道就行不通；治国之道行不通，奸邪的臣子就会得逞；奸臣得逞，君主的威信就会受到损害。

【段意】

本段是提醒统治者切勿出言不慎。说了错话，发出了错误的命令，就会损害自己的威信。

3.7　千里迎贤，其路远；致不肖，其路近。是以明王舍近而取远，故能全功尚人，而下尽力。

【译文】

千里迎请贤人，这路是遥远的；招来不才之徒，这路却是近便的。所以英明的君王舍近而取远，故而能保全功业崇尚贤人，而臣下也就尽心竭力了。

【段意】

本段强调求贤的重要性。

3.8 废一善,则众善衰;赏一恶,则众恶归。善者得其祐,恶者受其诛,则国安而众善至。

【译文】

贬黜一个好人,众多好人就会消极;奖赏一个坏人,众多坏人就会拥来。好人得到福佑,坏人受到惩罚,国家就会安宁而众多好人都会到来。

【段意】

本段强调分清善恶,惩恶扬善的重要性。

3.9 众疑无定国,众惑无治民。疑定惑还,国乃可安。

【译文】

众人疑虑就没有安定的国家,众人困惑就没有守法的百姓。疑虑澄清困惑消除,国家才能安定。

【段意】

本段强调稳定民心的重要性。

3.10 一令逆则百令失,一恶施则百恶结。故善施于顺民,恶加于凶民,则令行而无怨。使怨治怨,是谓逆天;使仇治仇,其祸不救。治民使平,致平以清,则民得其所而天下宁。

【译文】

一项法令违背民意,就会使许多法令失去效用;一件坏事得以施行,会结下许多恶果。所以对顺民施行仁政,对恶人加以惩处,法令就能推行而民众没有怨言。用民众怨恨的法令去治理有怨恨的民众,这叫背逆天意;用民众仇恨的法令去治理有仇恨的民众,那祸患将不可挽救。治理民众要使他们平服,达到平服要靠政治清明,这样民众才能各得其所而天下安宁。

【段意】

本段强调法令不能背逆民意,损害“顺民”的利益。

3.11 犯上者尊,贪鄙者富,虽有圣王,不能致其治。犯上者诛,贪鄙者拘,则化行而众恶消。

【译文】

冒犯尊长或上级的人当上高官,贪婪卑鄙的人拥有财富,即使有圣明的君主,也不能达到治理。冒犯尊长或上级的人受诛杀,贪婪卑鄙的人受拘禁,教化才能施行而各种邪恶才能消除。

【段意】

犯上是想用不合法的手段得到贵，贪鄙是想用不道德的手段得到富，如果遂其所欲，群起效尤，风气就会大坏。必须杀一，才能儆百。

3.12 清白之士，不可以爵禄得；节义之士，不可以威刑胁。故明君求贤，必观其所以而致焉[①]。致清白之士，修其礼；致节义之士，修其道。而后士可致而名可保。

【注释】

①以：缘故。《诗·邶风·旄丘》："何其久也？必有以也。"

【译文】

清廉纯洁的人士，不能用爵位和俸禄收买到；有节操有正义的人士，不能用权势和刑罚胁迫。所以圣明的君主求贤，一定要观察他的特点去招请。招请清廉纯洁的人士，要靠建立礼节；招请有节操有正义的人士，要靠建立道义。然后贤士才可以请到，君主的圣名也可以保住了。

【段意】

本段讲述求士以礼、求士以道的道理。

3.13 夫圣人君子明盛衰之源，通成败之端，审治乱之机，知去就之节，虽穷不处亡国之位[①]，虽贫不食乱邦之禄。潜名抱道者，时至而动，则极人臣之位；德合于己，则建殊绝之功。故其道高而名扬于后世。

【注释】

①位：原作"于"，义不可通，《武经七书汇解》据文意改，从之。

【译文】

圣人君子明白盛衰的根源，通晓成败的缘由，洞察治乱的关键，知悉去留的节度，即使穷困也不当将亡之国的官，即使贫寒也不拿乱邦的俸禄。隐名埋姓胸怀大道的人，时机到来而行动，就能做最高的官；遇到与自己道德相同的君主，就能建立卓绝的功勋。所以他们道行高远而名扬后世。

【段意】

本段所讲的圣人君子，在亡国乱邦之中"潜名抱道"，时机一到，遇到了志同道合的君主，就能大有作为而名扬后世。

3.14　圣王之用兵，非乐也，将以诛暴讨乱也。夫以义诛不义，若决江河而溉爝火①，临不测而挤欲堕②，其克必矣。所以优游恬淡而不进者，重伤人物也。夫兵者不祥之器，天道恶之③；不得已而用之④，是天道也。夫人之在道，若鱼之在水⑤，得水而生，失水而死。故君子者常畏惧而不敢失道。

【注释】

①爝火：火把。《庄子·逍遥游》："日月出矣，而爝火不息，其于光也，不亦难乎？"　②不测：这里指深不可测，指代深渊。贾谊《过秦论》："据亿丈之城，临不测之溪以为固。"　③夫兵者不祥之器，天道恶之：《老子》三十一章："夫佳兵者不祥之器，物或恶之，故有道者不处。"　④不得已而用之：《老子》三十一章："兵者不祥之器，非君子之器，不得已而用之。"　⑤若：原叠二"若"字，衍一，《武经七书讲义》删其一，从之。

【译文】

圣明的君主使用兵力，并不是乐于战争，而是用以讨伐暴乱。以正义讨伐不义，好像决开江河去浇灭火把，面临深渊去挤掉一个摇摇欲堕的人，它的胜利是必然的。所以悠闲自得、安静淡泊而不进兵，是看重人员和物力的损伤。战争是不吉祥的东西，为天道所厌恶；不得已而用之，这才是天道。人在天道之中，像鱼在水中一样，得到了水便生，失去了水便死。所以君子常心存畏慎不敢违背天道。

【段意】

本段讲的是道家的军事思想，以战争为不祥之器，只在诛暴讨乱时不得已而用之。

3.15　豪杰秉职①，国威乃弱；杀生在豪杰，国势乃竭。豪杰低首，国乃可久；杀生在君，国乃可安。四民用虚②，国乃无储；四民用足，国乃安乐。

【注释】

①豪杰：汉代使用这个词有时带有贬义。《汉书·地理志下》："世家则好礼文，富人则商贾为利，豪杰则游侠通奸。"又《刑法志》："豪杰务私，奸不辄得，狱犴不平之所致也。"均指倚仗权势横行一方的人。　②四民用虚：四民，《汉书·食货志上》："士农工商，四民有业：学以居位曰士，辟土殖谷曰农，作巧成器曰工，通财鬻货曰商。"虚，原作灵，义不可通，《武经七书讲义》据文义及韵脚改，从之。

【译文】

豪强把持了官职，国家的威严就会削弱；生杀大权操持在豪强手中，国家的权势就会衰竭。豪强低头听命，国家才可长久；生杀大权掌握在国君手中，国家才可安定。士农工商用度贫乏，国家就没有储备；士农工商用度富足，国家才能安乐。

【段意】

本段讲的是抑制豪强和使民富裕的道理。

3.16　贤臣内①，则邪臣外②；邪臣内，则贤臣毙。内外失宜，祸乱传世。

【注释】

①内：亲近。《礼记·大学》："外本内末。"孔颖达疏："外，疏也；内，亲也。"
②外：疏远。见上注。

【译文】

亲近贤臣，奸臣就被疏远；亲近奸臣，贤臣就会被害死。亲疏失当，祸乱将流传到后世。

【段意】

本段是忠告国君要亲信贤臣，不可亲信奸臣。

3.17　大臣疑主①，众奸集聚。臣当君尊，上下乃昏；君当臣处，上下失序。

【注释】

①疑：通"拟"，比拟。《礼记·燕义》："不以公卿为宾，而以大夫为宾，为疑也。"孔颖达疏："疑，拟也，是在下比拟于上。"《汉书·谷永传》："役百乾谿，费疑骊山。"颜师古注："疑读曰'拟'，拟，比也。言劳役之功百倍于楚灵王，费财之广比于秦始皇。"

【译文】

大臣能与君主相比拟，众奸就会聚集。臣下处于君主一样尊贵的位置，上下就混乱了；君主处于臣子的地位，上下就失去应有的秩序了。

【段意】

本段是针对君臣关系颠倒而说的。

3.18　伤贤者，殃及三世；蔽贤者①，身受其害；嫉贤者，其名不全；进贤者②，福流子孙。故君子急于进贤而美名彰焉。

【注释】

①蔽贤:埋没贤才。《国语·齐语》:“于子之乡,有拳勇股肱之力秀出于众者,有则以告;有而不以告,谓之蔽贤。” ②进贤:荐引贤才。《国语·晋语九》:“献能而进贤,择材而荐之。”

【译文】

伤害贤人的,祸害延及三世;埋没贤人的,自身就要受害;嫉妒贤人的,名誉不能保全;荐引贤人的,福泽传到子孙。所以君子急于荐引贤人而美名显扬。

【段意】

本段鼓动君子荐引贤人。

3.19 利一害百,民去城郭[1];利一害万,国乃思散[2]。去一利百,人乃慕泽;去一利万,政乃不乱。

【注释】

①城郭:内城与外城,泛指都城。《管子·度地》:“内为之城,城外为之郭。”《古诗为焦仲卿妻作》:“东家有贤女,窈窕艳城郭。” ②国:指代一国之人。

【译文】

有利于一人而为害百人,民众就会离开都城;有利于一人而为害万人,一国之人就都想分散。除去一人而有利于百人,人们就会思慕恩泽;除去一人而有利于万人,国政就不会混乱。

【段意】

本段提醒统治者要重视多数人的利益。